2.5% 奇跡の命

井上エリー

ポエムピース

2・5% 奇跡の命　もくじ

第6章　命のつながり――124

～息子の命　2011年10月16日～

2.5% 奇跡の命

井上エリー

はじめに

あなたがいなくなって

今日生きたい1日は、誰かが生きたかった1日……

天国にいるたっちゃんへ
あなたがいなくなって、5年の月日が経とうとしています。

あなたのことを思って泣いて叫んで、そして、また泣いて……。ずっと涙が切れることがなかったけれど、最近になってようやく泣かずに、すぐそばにいてくれるあなたに気がつけるようになりました。

「いつもそばにいるよ。どんな時も支えてるよ」

あなたは今もそばにいて、誰よりも強い愛で見守ってくれているのですね。

はじめに
あなたがいなくなって

たっちゃん、覚えていますか？　あの最後の半年間のこと。

息子・翔の最後の高校野球夏の大会が終わるのを待って、あなたは、ようやく大きな病院で診察を受けてくれましたよね。

それまで、ずっと体調が悪かったのに、翔の試合を最後まで応援に行きたいからと、いったいどれだけ我慢をしていたのでしょう。

告げられたのは「肝硬変の末期」。あなたの命がもう「あまり長くはない……」ということでした。いきなりの重い宣告に、ふたりともわけが分からず、顔を見合わせていましたね。

こうして、あなたの闘病生活が始まりました。

その翌月には、私の乳がんの手術。そして、その痛みも癒えぬうちに「余命一カ月」を告げられた、あなたの静脈瘤破裂《じょうみゃくりゅうはれつ》。さらに追い打ちをかけるように、今度は、翔が体育の授業中に心肺停止状態になって緊急搬送、奇跡的な回復から手術へ。そして、そして、そして……。

本当に、ツラい数カ月でしたね。ツラすぎてしんどすぎて、身も心もぼろぼろ。

でも、その時は何が何やらわからないまま、立ち止まって考える間もなく、次々と降りかかってくる事態に振り回されていました。

時に無理難題に頭を抱え、時に真っ向から立ち向かい、時には何となくやり過ごす。その間も、私はずっと仕事を続けていましたが、とにかく、目の前のことをこなすだけでいっぱいいっぱいの毎日でした。

そんな中で、あなたの「命」が区切られ、肝移植の問題を突きつけられて、私はそれにちゃんと向き合えていたでしょうか。翔の「命」が消えそうになっていた時、何かを見失ってはいなかったでしょうか……。

この年、私は大切な人を救ってもらい、大切な人を失いました。

大切な命がつながる奇跡を経験して、いろいろな思いを抱き、とことん考え、多くのことを教えられました。

そして今、心の奥の何かに突き動かされるように、新しい歩みを始めています。

まだまだ、涙の乾く間がなかった頃、インストラクター仲間だった友人の美樹ちゃんと高知のリゾートホテルへ旅をしました。メンタルコーチの道に転身していた彼女は、とにかくずっと私の話を聞き続けてくれました。
睡眠導入剤なしでは眠れず、びっくりするほどやせてしまっていた私も、この旅で少し元気になり、身体と心のつながりに強く興味を持って勉強を始めました。その美樹ちゃんと訪れた大震災後の東北の仮設住宅では、お年寄りとたくさんお話をしました。そして、一緒に身体ほぐしの体操を行いました。

身体は心につられます。悲しいと胸はこわばり、背中が丸まってきます。私は、悲しみやストレスで身体のバランスをくずした時、人間の心と身体の関係を痛いほど経験しました。悲しい時、ツラい時は、思いきり胸を開いて、少しでも身体を動かす、ただそれだけで楽になります。

大切な人を失くした人たちの気持ちに、そっと寄り添っていきたい。身体をほぐして、ほんの少し心の元気も取り戻すお手伝いができれば……。そう思って活動しています。

仮設住宅で、おばあちゃんたちにＢＧＭの「ありがとう」（いきものがかり）

の歌に合わせて体操を指導した時には、思わず涙ぐんでしまって……。あの時、私は神さまからの問いかけを感じていたのです。

「なぜ、私は今ここにいるの？」と。

できることをやりなさい。それが誰かの役に立つなら……そう背中を押されたような気がしました。

そんな思いから、学校で命の大切さについてお話をする講演活動を始め、2014年には糸魚川市で150名の人たちの前で「命」のお話をしました。あなたと息子のこと、ちゃんと伝えることができましたよ。講演が終わったとたん、また涙があふれて仕方なかったけれど……。

あの半年間を経験するまでは、他人事としか考えていなかった〝生きる〟ということ。そして、その意味。それを、これからも伝えていけたらと思っています。

大切な人を失った人はたくさんいます。災害、事故、事件などで何の前触れも、心の準備もなく、突然失われてしまった命もあるでしょう。その記憶は、だんだん薄れていってしまうかもしれません。でも、それぞれの命が生きた暮らしがあり、思い出があります。一人ひとりの生きた証が……。

たっちゃんが伝えたかった命の意味を、こうやって書くことで伝えたい。生きた証を思い出してほしいと思って、本にまとめることにしました。

たっちゃん、

翔もまた、新しい道を歩み始めています。

友人たちに救われた18歳の彼の命。たっちゃんが守ってくれた翔は、今年大学を卒業して就職。自立したいと松山を離れました。

10月22日は第2の誕生日、翔の意識が戻った日。先日ふたりでこの日を祝いました。今は元気に、社会人として働いていますよ。本当に大変な5年やったね。

お互いにそんなことをやっと話せるようになりました。

いつもいつも息子のことが気になっていたたっちゃんだから、きっと社会人になった翔の姿、見たかったでしょうね。

これからも、ずっと守っていてくださいね。

第1章　自分の身体

～乳がんの手術　2011年8月31日～

手術を受けに福岡へ

「いたたたぁ……。痛いよー、こんなに痛いなんて……」

麻酔から覚めた時、ベッドの上で、あまりの痛みにただただ驚き嘆くばかりだった。硬膜外麻酔による乳腺切除手術。同時に、再建手術も受けた。

体にメスを入れるのだから、ある程度の痛みは覚悟していたけれど、ここまでダメージが大きいとは……。痛みが、ゆっくりと鈍くなっていく中、病室へ。

術後、ベットの上で横たわった。胸をギュギュッと圧迫されているようで、ひどく息苦しい。まったく起き上がれないどころか、寝返りも打てない……。

第1章　自分の身体
～乳がんの手術　2011年8月31日～

「ヤバい！　本当に明後日に帰れるの？　福岡まで来て手術なんて、やっぱり間違いだったかなぁ？」

後悔の念がちょっぴり頭をよぎった。

そんな私を待っていたのは、友だちの明るい笑顔。エアロビクスを一緒に習い、切磋琢磨してきた、福岡に住む仲間だ。彼女が付き添ってくれ、家族にも「無事」の電話を入れてくれていた。

その夜は、痛みと苦しさで一睡もできなかった。

翌朝には導尿の管が抜かれ、処置が終わるとすぐに退院。そのまま、クリニックの隣のホテルへチェックインする。気力で何とかやっと立ち上がって歩いたけれど、心の中は不安でいっぱいだった。

「大丈夫、大丈夫！」

再びわいてくる後悔の念を押し込むように、何度もつぶやく。言葉とはうらはらに、ホテルでは、痛みに耐えながら、ひたすら横になっていた。起きたくても起き上がれない。トイレに行くのは、まさに七転八倒……。

こんな状態のまま、手術から3日間はクリニックとホテルを行き来し、帰宅の途へ。手術創からは、まだ浸出液がたくさん出ていて「本当に大丈夫？」という感じだったが、とにかく帰らないと。自宅では、肝硬変での最初の入院から戻ったばかりの夫が待っている。

とはいっても、ひとりで立ち上がれない、手が上がらない状態のまま。東京から駆けつけてくれていた親友の登志子ちゃんに送ってもらって車いすで飛行機に乗り込み、松山の空港へは、地元の友人に迎えに来てもらう、という友情頼みのありさまだった。

「日帰りも可能」といわれていた手術だったので、手術がすんだら、登志子ちゃんとランチして……なんて、入院の時は気楽にクリニックに向かったのに。

ランチのはずが、友人たちには手術の付き添いから空港の送迎までしてもらって、本当にありがたかった。手術を気にして、宮崎の友だちも連絡をくれたり……。 飛行機の中、友人たちへの感謝の思いがあふれた。

そして、家族に甘えない私って、なんだろう？　夫は、私のことを少しは心配してくれているのだろうか。自分の身体のことだけで精いっぱいかも……夫の病気のこと、夏の大会を終えて間もない子どもの先々のことなどに思いを馳せていた。

何より、今はただ早く家に帰って休みたい。

この時は、その後、我が身に襲いかかってくる嵐の日々のことなど、これっぽっちも想像すらしていなかった。

「おっぱい切除しちゃえば？」

乳がんの告知を受けたのは、この年の春。高校で野球をしていた息子の翔が、春の大会で松山商業から勝利を上げた少し後のこと。

私には元々乳腺症があったため、乳がん検診は毎年欠かさずに受けていた。というのも、乳腺症のあるおっぱいは、３００人にひとりは良性が悪性に変わることもある、と聞いていたから。

いつものように検診を受け、10年ぶりに腫瘍に針を刺して検査してもらったところ、

「良性とも悪性ともいえないグレーの細胞があるので、細胞を取ってもう少し調べたい」

と言われた。

そこで、再び細胞を取って検査した結果、またグレー。

さらに三度目の検査で、がん細胞が見つかった。「ステージ0の非浸潤性乳がん」との診断だった。

「こうやって検診で見つかってよかった」と先生はおっしゃった。

そう、早期に発見してもらって本当によかったと、今はとても感謝している。

ただ、この時の私は、がんの告知を受けたショックというよりは、「どうして?」という気持ちに捉われていた気がする。

「毎年検診を受けているのですが、いつから?」

と聞いていたのも、そんな思いからだったのかな。

毎年毎年ずっと検診を受けていたのに、どうしてもっと早くわからなかったのかと……。

この乳がんの診断より10年ほど前、40歳の時に甲状腺腫瘍が見つかり、右甲状

第１章　自分の身体

～乳がんの手術　2011年8月31日～

腺を切除して声を失いかけた経験がある。

幸いにも声の再生に成功、その後、無事に過ごしていた。がんの告知に対するショックは、初期がんであることで、それほど大きくはなかった。それより何より、

「乳房切除すれば根治できますよ」

そんな軽い感じで、全摘手術を勧められたことがツラかった。

「え～っ、全摘？　えーーー～」

心の中で叫んでいた。ショックだった。初期なのに、全部取るってどういうこと？

しこりだけ取って、おっぱいは残すか、おっぱいを全部取ってしまうか……。はたまた、乳腺だけを切除するかの3つの選択、それぞれの再発率が違う。おっぱいを残せば、再発率は高くなる。

先生の全摘の説明が腑に落ちなかった。女性にとっては大きな問題だ。まして、人前に出る仕事をしているから、ほかの人たちの目だって気になる。できれば、乳房は残したい。「はい、お願いします」と、簡単に納得できること

ではない。

「そうですか……」

治療方針に対する疑問、割り切れない思いを抱きながら、はっきりとした結論を出せないまま家に帰った。

「神さまは助けてくれんのう……」

帰宅して医師の診断を告げた時、夫がぽつりとつぶやいた。不安で押しつぶされそうだった私は、この言葉を気にも留めなかった。それよりも、

「どうしようか?」

と聞いた時、夫の口から言い放たれた言葉に落胆していた。さっき私にショックを与えた医師の言葉みたいだった。

「切除したら……」

こんな大変なことを、こともなげに言うなんて。何だかとても悲しくなってきた。

できれば、切除したくないという気持ちを伝えると、

第１章　自分の身体

～乳がんの手術　2011年8月31日～

「自分の好きな方法を選べばいい」

と、曖昧な返事……あまり興味がなさそうで「どうでもいい」と言われた気がした。

やっぱり、男にはわからないんだ、この気持ちは……。やさしい言葉をかけてもらうのはあきらめた。

そして、何かよい方法はないだろうかとパソコンに向かっていた。

〝女医〟〝乳がん〟〝乳腺外科〟などと検索するうちにヒットしたのが、福岡にある乳腺外科のバスト専門のクリニック。さっそく、自分が受けた診断や心境などを書いて相談のメールを送ったところ、すぐに、

「診てあげるから、一度いらっしゃい！」

という返信があった。

この素早い返信がありがたく、矢も楯もたまらず、不安と期待の入り混じった思いを胸に、福岡へと飛んでいた。

とにかく誰かに話を聞いてほしかった。

アロマの心地よい香りが漂う、明るく洗練されたインテリア……エステかと錯覚しそうなクリニックで、待っていてくれたのは美しい女医さんに、可愛らしい看護師さんたち。診断を聞いた病院とは、ずいぶん雰囲気が違っていた。

すっかりリラックスして、女性医師の診察を受ける。

先生とたくさん話をした。ずっと胸の中につかえていたことをすべて吐き出して、じっくりと聞いてもらった。

先生によれば、がん細胞だけ取っておっぱいを残したとしても、放射線を受けないといけない。おっぱいはどんどん萎縮してしまって、きれいなままでは残せない。

「それより、最初に乳腺を全部のけてしまえば、きれいに再建してあげる！」

という心強い言葉……新しい選択肢が加わって、ほのかな光明が射してきた気がした。

診察の後、ちょうどクリニックで行われていた〝乳がん患者さんの会〞にも顔を出してみた。皆それぞれにステージも異なり、さまざまな症状を抱えているようだけれど、とにかく明るい。何だか楽しそうで、ここなら大丈夫かな、という

第１章　自分の身体
～乳がんの手術　2011年8月31日～

気持ちが強くなってきた。

「大丈夫よ。先生にまかせといたらいいよ！」

などと声をかけられ、こちらの先生にお願いしようと心は決まっていた。

医者をしている高校の同級生のたかし君には、標準治療を勧められたけれど、夫は、この選択に特に反対する気もないようだった。

ただ、非常に心配性の義母には、余分な心配をかけないように詳しいことは言わないでおこうと決めた。

地元で治療を受けるという当初の予定が進み始めていた時も、夏休みの期間に、私は出張中ということにして手術を受けることにしていた。

福岡で、３日間の入院で手術を受けることに決めても、とても簡単な手術だからとだけ伝えていた。

簡単な手術……そう言うことで、自分自身も「大したことじゃないから」と思い込もうとしていた気もする。

だからこそ、登志子ちゃんと手術後のランチの約束も入れていたのかな。

私のことも心配して……

友人たちの手を借りながら、手術後の痛みと不安をいっぱい抱えたまま松山に帰ってきた。

2日ほど休んで、3日目には仕事に復帰した。

フィットネスのインストラクター、つまり身体を動かすことが、私の仕事。痛みはまだ続いていたし、右腕はまだ全然上がらなかったけれど、左腕のみを使ってレッスンを開始していた。

とはいえ、手術創の化膿がちょっと気になっていた。膿のような液も出ている。

「こんなのが出ていていいの？」

それが普通なのか、異常なことなのか自分ではわからない。手術後の診察は1週間後でよかったのにもかかわらず、3〜4日目には、再び福岡に飛んでいた。

でも、痛いからとじっと安静にしているのでなく、身体をずっと動かしていたことが、私の場合は、リハビリになってよかったと思う。

動かさないでいたら、それこそ皮膚も固くなってきて、後々動きにくくなっていたのではないかしら。とにかく痛くても自分なりの筋肉の知識で乗り切った。身体を動かすことがよいリハビリだったたし、また不安や落胆、イライラなどざわつく心を癒すのにも効果があった気がする。

心が落ち着かなかったのは、この時期、夫とのちょっとした諍いが絶えなかったことも、大きな原因だった。

例えば、こんな争いをたびたびしていた。

私は、手術後の痛みのために仰向けで寝ることができないため、ソファーで横になっていた。すると、その頃、やはり体調がよくなかった夫も、ソファーで寝たがった。

「ソファーは、わしが寝るん……」

「ソファーじゃないと、手術したところが痛むから、しばらくは私に使わせて！」

ひとつしかないソファーをめぐって、ふたりで本気の大ゲンカ。大人気なかったなぁとは思うけれど、とにかく痛くて我慢ができなかった。

また、ある日、たくさん買い物をして帰ってきた時のこと。まだ痛みがあって、階上の部屋まで荷物を運ぶのがしんどい。そこで、夫に電話で助けを求めた。

「お願い！　荷物を持って上がってくれる？」

すると、

「何でそんなに買ってくるんや！」

と、怒られた。そして、またまた口ゲンカ勃発。

本当に、情けなくなるくらいささいなケンカを繰り返していた。

そのたびに、こんなに痛いのに、なぜいたわってくれないの。どうして心配してくれないの……と、落ち込んだ。

がんの告知を受けた時だって、手術に行った時だって……。

「この人、本当に私のこと心配しているのだろうか」

と、いつも半信半疑だった。

もしかしたら、結婚してからずっと抱いていた思いかもしれない。私はいつも甘えたかった。かまってほしかった……。

でも、その時は自分の痛みや甘えたい心に隠れて見えなかった、いえ、見よう

第１章　自分の身体
～乳がんの手術　2011年8月31日～

としなかったことが、今ならよくわかる。

夫は、それほど身体の調子が悪かったのだ。

私が痛みで苦しんでいた時、彼は最初の入院から帰宅していて、家で静養していた。私もしんどかったけれど、彼はもっとツラかったに違いない。

私の苦しさなど考える余裕もないくらい、彼の身体は悲鳴を上げていたのだ。

何でこの時期に、神さまは私たちに病気という苦難を与えたのだろう？　お互いが自分のほうを向いてほしくてたまらなかったのに……。

「神さまは助けてくれんのう」

あの時、そう、私が乳がんの診断を受けたことを告げた時、夫がぽつりともらした言葉が、今もはっきりとよみがえる。

初期の乳がんだからと心配ないふりをして伝えた時、彼は、喉の奥から絞り出すような声で、こう言ったのだ。

この時、夫はまだちゃんと大きな病院での診察を受けていなかったけれど、自分の身体に起こっているただならぬ事態を感じ取っていたのだ。

神さまに恨みごとのひとつも言いたくなるくらいに……。

第2章　夫の発病

〜肝硬変　2011年7月〜

好きなもんはやめん！

夫の身体に異変が起こり始めたのは、いつ頃からだったのだろう。本人は、いったいいつからそれを自覚していたのだろうか。

元々、とても身体の丈夫な人だった。風邪ひとつひいたこともない上に、高校、大学とラグビーで鍛え抜いた身体……。しかも、我慢強かった。試合中に、足を骨折したのに走り回っていたこともあるという。

ただ、肝炎ウィルスをもっていたことは、結婚当時から知っていた。原因は小学校の時の予防接種かもしれない。思い当たる輸血も母子感染もないのだ。とは

第２章　夫の発病

～肝硬変　2011年7月～

いえ、ずっと発症していないキャリア状態、だと思っていたのだが……。

それに、何よりも無類のお酒好きだった。

父親譲り、祖父譲りの酒飲みの血はどうにもならない。若い時は本当に楽しそうに飲み会に出ていき、午前さまも珍しくなかった。

「お酒を少し控えたら……」

「わかっとる。わかっとる。でも、酒はやめん！」

お酒の話になると、必ず口論になった。それでなくても頑固な人……ましてや、大好きなお酒のこととなると、いっさい譲歩などあろうはずがなかった。

休肝日をもうけたが結局続かなかった。

途中から、私のほうが口論することをやめた。変わらないから……。いつの頃からか、健康診断の結果を私にまったく見せることがなくなっていた。時々結果を聞いても「前と変わらない」、そんな答えしか返ってこなかった。

多分40歳を過ぎた頃には、ウィルスも悪さを始めていて、体調は一気に坂を下り始めていたのではないだろうか。

その頃から、健康診断の肝臓の数値は、大変なことになっていたと思う。

そういえば、息子が中学校に入ったばかりの頃、北海道のスキーツアーから帰宅して、残念そうにしていた時があった。

とにかく、スポーツ万能な夫は、特にゴルフとスキーを愛していた。毎年冬には自ら幹事役をつとめて、スキーツアーに行くのを楽しみにしていた。

この時、ちょうど40代に入ったばかりだったと思うが、ツアー中に足がつってしまって、全行程を楽しめなかったというのだ。この頃から肝臓が悲鳴を上げ始めていたのだろう。

沈黙の臓器といわれる肝臓の声は、まだ私には届かなかった。

その後、いよいよ健康診断でひっかかり、肝臓の検査を本格的にしないといけなくなった時にも、私には検査結果についてひと言もなし。

何度か、膝が痛くなったり、急に熱が出たりと病院で受診しているが、肝臓病の予見の値もあったはずだ。医者をしている同級生の友人から、血が止まらなくなる血小板の数値もかなり低下していて、肝臓の病気が進行しつつあることも伝えられた。

第２章　夫の発病
～肝硬変　2011年7月～

それでも、夫も、私も、まだどこか他人事のように感じていたのが、今は悔やまれる。

40代に入り、夫は紹介された病院で定期的に診察を受けるようになって、お酒の量はかなり減り、飲み会にも行かなくなった。だが、体調はさらに悪化を続けていたようだ。

こんなこともあった。

「うあぁ……。おおおぉ‼」

夜中に、突然大声を上げた夫が、痛みにもだえながら立ち上がった。苦痛に顔をゆがめて、嗚咽とも悲鳴ともつかない声で叫び続けた。

突然たたき起こされた私は、何が起こったのかわけがわからず、うろたえるばかり。

「何？　どうしたの？」

と言いかけたが、彼の必死の形相を見て飲み込んだ。

何度も足がつって、激しい痛みをこらえきれないでいたからだ。我慢強い彼が、こんなに痛がるなんて、いったいどれほどの痛みだったのだろう。

私は、ただ必死に彼の足をさすり続けた。

足がつるという状態が、頻繁に訪れ始めた。

これは、主人にとって最後になってしまった正月のすぐ後のこと。こんなふうに足をつることが多くなっていたが、夫は、大きな病院へ検査に行こうとしなかった。

ただ、わが家のかかりつけの近所の内科医から「夜中に眠れないよりはいい」と、強い薬を処方してもらって服用していた。その薬を追加でもらいに行かされた時、先生が私に言った。

「ご主人、大変なことになってる。肝臓だと思うけど、早く病院へ連れて行かないと手遅れになる……」

そんなこともあって、大病院で診てもらうことを何度も勧めたが、頑固な夫は、一度イヤと言ったら、絶対に首を縦に振ることはない。

入院ということになり、息子の野球の試合を応援に行けなくなることが、何よりツラいのだ。息子にとって高校野球最後のシーズンが始まろうとしていたから。

第２章　夫の発病

～肝硬変　2011年7月～

何しろ、子煩悩な人だった。

その愛する息子に、小さい時に野球を教え、ずっと一緒にキャッチボールをし、子どもが選手になると、常に熱心に応援をしてきた。

野球は、夫と息子をつなぐ、強い絆だったといえるかもしれない。

自分の体調がよくなかろうが、それを変えることはできない。応援に行けなくなることは、その絆を断ち切ることになるような気がしていたのだろう。

「夏の大会だけは見させてくれ。わしは翔の野球を見るのが生きがいなんや。夢なんや。頼む……」

夫は、必死でこう言った。この人は、絶対私の言うことなど聞かない。これ以上、けんかを続けても無駄だと思った。

「それなら、最後の試合が終わったら、絶対に病院へ行くって約束してね」

こんな約束を取り付けるのがやっとだった。夫は、渋々うなずいた。そして、体調がよくないままに野球の応援を続けていた。

それでも身体の状態は、本人が一番分かっていた。私には内緒で、いろいろ薬を買っていたことが、後になって分かった。

そして、体調の悪化とともに機嫌もどんどん悪くなっていた。

「な・が・く・な・い」って？　最初の入院

7月半ば。野球の応援がやっと終わって、約束通り、夫はすぐに病院に行ってくれた。

「お医者さまからお灸をすえてもらえば、少しはお酒をやめようという気になってくれるだろう。そうすれば、また何とか元気になれるやろ」などと思って、ちょっとホッとしていた。

そう、私は何にもわかっていなかったのだ。彼の本当の身体の状態も、事の重大さも……。

だから、医師の言葉も、一瞬何のことかワケがわからなかった。

「長くないですね～」

検査の結果を見た医師は、開口一番、こう口にした。

第２章　夫の発病
～肝硬変　2011年7月～

突然の命の告知に、夫も私も理解できないまま、お互いの顔を見合わせていた。ただただ驚いていた。

「な・が・く・な・い……って？　長くないってどういう意味？　命が短いって、そんなこと、こんなに簡単に言うもの？」

検査結果の数値によれば、肝硬変の末期であり、重篤である……ということを説明してくれていたけれど、頭の中を「長くない」という言葉がぐるぐると回り続けていた。

そんな告知を、容易に受け入れられるものではない。夫も、この宣告の重大さを受け止められずにいるようだった。

検査結果が出ると同時に、彼は車いすで動くように言われ、即入院が決まっていた。彼も私も、それはある程度覚悟をしていた。でも、私はお灸をすえるくらいの入院だと信じ込んでいたのだ。

それが、いきなりの宣告だったから、受け入れられなかった。

私は何かにすがるように、この病院の勤務医で高校の同級生・正治君に聞きに行った。

「長くないって言われたけれど、どのくらいを言うの？」

「何もストレスのない状態で10年かなぁ。何かあったら、5年かなぁ。う〜ん。事故があったりしたら、すぐに死と直結するよ」

〝長さ〟が、だんだん短くなってる。この説明に、私は、精いっぱいのポジティブ思考で「10年は大丈夫か」と考えた。「息子の結婚式には出られるかな」とも。そんな安易な想像……自分のことでないような、不思議な感覚だった。


一方、夫は夫で、自分の身体と向き合いながらも、その宣告の大きさに抵抗しているようだった。

絶対安静の入院。いきなりの休養を強いられた上、禁煙などの制限をなかなか受け入れられずにいた。どんどん機嫌が悪くなっていた。

「あんな若い女医の言うことなんて……」

制限されるイライラを、主治医の女性医師に向けているようだった。

あまりに機嫌が悪いので、看護師さんに主治医を変えてもらえないかお願いしたこともある。若い女の先生の言葉が受け入れられないようだからと。

第２章　夫の発病
～肝硬変　2011年7月～

「奥さん、先生はちゃんとした医師ですよ。旦那さんの数値は、いつ何が起こってもおかしくないくらいの悪い値なんです。言われたことを守るように、奥さんからちゃんと伝えてください」

と、逆にたしなめられてしまった。

それでも、夫はまだ、タバコがやめられなかった。筋金入りの頑固者だ。それまで一度として禁煙などしたことのない彼には、タバコを吸えないことが、気持ちをよりイラ立たせる原因のひとつになっていた。

機嫌の悪さを少しでも何とかしたくて、私は夫の車いすを押して行って、人目のないところで、こっそり1本だけ吸わせてあげた。

だから、彼は私が来るのを心待ちにしていた。

夫からしょっ中、電話がかかってきた。

「いつ来るん？」

そして、この人はタバコをくゆらせながら、

「タバコは、やめられん……な。ここで吸うぐらいいいやろ……」

とつぶやいた。

「死ぬのがイヤなら、やめるしかないんじゃない？」

そのたびに、そう私は脅していた。


こんな秘密の1本を、先生はお見通しだったのだろうか。ある日、私は医師からきつく叱られた。

「奥さん、タバコをやめられない人が、お酒をやめられるはずがないでしょう。一滴でもお酒を飲んだら、死にますからね！」

それでもなお、夫は頑なにタバコをやめなかった。

そして、毎日、相変わらず不機嫌に私を迎えた。私には、どうしようもなかった。


こんな入院生活が3週間ほど続いた。

夫はベッドの上で、歴史小説を読んだり、ＤＶＤを見たりしていた。こんな安静と規則正しい食事のおかげだろう、足の大きな浮腫みが減り、検査の数値も安定してきた。

医師の指示で、退院して自宅療養に切り替えることになった。

自宅療養の悪循環

一時退院の日。

さっさと荷物をまとめていた夫は、私たちが迎えに行くと、待ちきれずに病室を飛び出していた。全部の荷物を肩に背負って、私たちが来る前に、まるでもう1分1秒でも長く病室にいることが耐えられないとでもいうように……。

これで、自由になれる。やっとタバコが吸える。制限が少しなくなる。そう思っていたのかもしれない。そのための退院ではないのだけど……。

とにかく、夫は自宅に戻ってきた。

家で、安静にして過ごすだけ。毎日毎日同じだった。彼は相変わらず不機嫌な顔をし、ずっとソファーに寝そべってＤＶＤを見ていた。

退院したからといって、調子がよくなったわけではない。

私たちにとっては、以前と変わらない生活が戻っていた。息子は毎日学校へ行き、私はいつも通り仕事に忙しかった。

仕事では、ちょうど新しいプロジェクトが始まっていて、その会合やスカイプなどに時間も気持ちも奪われていた。

乳がんの手術の日が近づいていたけれど、この忙しさの中で、手術の不安などほとんど気に留めることもなかった。

夫のことも、そうだった。夫の自宅療養も、ただの通過点くらいにしか感じていなかった。また、いつもの生活が始まるんだと。

そして、病にむしばまれて身体が本当に不自由なこと。この身体でこれからの生活を始めること。覚悟を決めて生きること。夫も初めて気がついた。

そして、その時は、これからどんな形の生活がやってくるのか、考えないようにしていた。逃げていた。大した危機感も抱かないようにしていた。静かな、無味乾燥な生活になるのか。そのあきらめは、私の愛の深さを問う質問だった。

病院に行くまでなかなかお酒がやめられなかったのは、今考えれば、あまりの身体の不調をお酒で紛らわしていたのだろう。多分、体調が悪い↓お酒でごまかす→体調がもっと悪くなる、という悪循環から抜け出せなかったのだろう。

空《くう》ちゃん

一時退院をして、浮かない顔をしていた夫。何をするにも機嫌が悪く、私は、あえてつかず離れずの距離を取っていた。そして、元気になるような何かを言おうかと思った。

「犬を飼ってみたら……」これは、本当に私の気まぐれな提案だった。住んでいるマンションンも飼育禁止だし、本気にすることもないだろうと……。

ところが、根っからの動物好きの夫は、「飼おう」と久しぶりの笑顔で言った。私もこうは言ったけれど「無理なことやから、あきらめるやろう……」と思いながらの無責任な提案だった。

でも、すぐペットショップに行くことになった。

そこで、かわいらしいチワワが、じっと私たちを見ていた。

私も動物は嫌いではない。「でも、飼えないものは飼えないよう……」と何度も言った。それなのに「大丈夫」と、夫は本当にうれしそうに笑った。その笑顔が、私を「なんとかなるか～」という気持ちにさせ、飼うことを承諾してしまった。

それからが大変だった。飼ったとしても、私の手術まではショップから引き取るのをやめること。そう言ったのに、夫はさっさと引き取ることにしたのだ。本当に私の意見など聞く耳をもたない。実家に預ける交渉を自分でして、〝空《くう》ちゃん〟と名付けたチワワは、しばらくは義父母の家にいることになった。まさか、そのまま忘れ形見として残されるとは、この時は思ってもいなかった。

一時復職

自宅療養を3週間した後、夫は仕事場に復職することになる。検査の後、先生から仕事の復帰を許可される。

第２章　夫の発病

～肝硬変　2011年7月～

今思えば、あのまま自宅療養をしていれば、休職していれば、もしかしたら、もしかしたら、命がもう少し伸びたかもしれない。そう思うと悔やまれて仕方がない。

入院前よりは、黄疸やむくみはとれてきたとはいえ、やはり体調は思わしくなかった。むしろ、入院前よりもしんどそうだった。

だんだんと腹水でお腹が大きくなったため、着ていくズボンが合わなくなり、びっくりするようなウエスト・サイズのものをユニクロで買ってくるように言われた。

職場への送り迎えは、私が担当。車に乗っても口数は少なかった。私は、この状態でとにかく生きていかないといけなくなるんだ。お互いにしんどいなと、漠然と思っていた。

ある時、「薬忘れた……持ってきてくれ」と電話があった。

ちょうどその時、私も仕事の途中でバタバタしていて、「え、どうしても今いる？」と聞いてしまった。

「僕それがないと、死んでしまう」という、悲しそうな夫の答え。

……

なんてことを聞いてしまったんだろう。私は、何も気がついていなかったのだ。

あの時の会話の罪悪感が、ずっとある。

「ごめん、届ける」

すぐに、薬を届けるために急いで車に乗った。

第3章　出会い

～松山東高等学校　１９７６年から～

キラキラの青春時代

夫との出会い……それは、青春真っただ中の高校時代。

愛媛県松山市で生まれ育った私は、松山の中心にある松山東高校で、青春時代を過ごした。

わが母校は、文豪・夏目漱石が書いた、かの有名な『坊ちゃん』の舞台になったともいわれる学校。

最近では、同級生の敷村良子さんが自らの高校生活をベースに書いた『がんばっていきまっしょい』が映画化、ドラマ化された。大好きな松山東高校が注目を浴びて、とてもうれしかった。誇らしかった。

そう「がんばっていきまっしょい！」は、私たち東高生、卒業生にとって特別な掛け声、気合が入る言葉。いつも私たちの合言葉は、これだった。

「がんばっていきまっしょい！」

「しょい！」

私の高校生活も、この青春小説のようにキラキラと輝いていた……

ずっと習っていたクラシックバレエを中3で卒業した私。高校の部活動は、ダンス気質を生かせるものを……と思っていたけれど、なかなか決められなかった。身体が柔らかいから体操部にしようかな、と見学にも行ったが、どうもピンと来ない。

そんな時、隣で活動していた新体操部の顧問に声をかけられて、軽い気持ちで入部した。実のところ「え？　新体操って何をするん？」という感じで、よくわかっていなかったのだけれど。

道具を使ったダンスのような、体操のような……。新体操部はダンス部とも呼ばれていたが、いずれにしても、バレエで培った能力も生かせそうだし「まぁ、

第３章　出会い

～松山東高等学校　1976年から～

いいか」くらいの気持ちだった。

先輩たちは、独特の品のあるオーラを放っていた。みんなきれい……。

特に部長でもある森田先輩の、淡々と黙々と練習する姿には憧れを抱いたものだ。まさにクール・ビューティー。この先輩が運動場を走るとシャンプーの香りが漂うことから、〝シャンプー嬢〟なんて呼ばれていたとか。

こんなことを、ずっと後になって夫からこっそり聞いたっけ。

体育館は、たくさんの運動部が共用していた。

新体操部は１／４を使い、私たちの隣はバスケット部、あとの半分はバドミントン部と一緒に使っていた。

時には、私が取りそこなったフラフープが、真剣勝負中のバスケットコートに侵入することも。そのたびに、怪訝そうな表情のバスケット部員たちに「すみません……」と頭を下げながら、すごすごと取ってきたなぁ。

太鼓の音に合わせて身体をほぐし、マットの上で柔軟体操をするのがルーティーン。

身体の固かった同級生・みかんは、いつの間にか前後開脚ができるほどに柔らかくなっていた。元々体操をしていたみつは、いつも冷静に部をまとめてくれていた。

そして私は、バレエの身体能力はあったけれど、何しろ体力、筋力がなかった。新体操は、思っていた以上にスタミナが要求され、しんどかった。

3分間の演技が終わった後はヘロヘロ。それに、筋力不足でボールの交換では、なかなか相手まで届かなかった。

何となく始めた新体操だったけれど、すぐに夢中になっていた。そんなに大きくない体育館の中で、仲間と汗を流し、ワクワクし、時には涙し……。高校生の私の青春は、この体育館の中にあった。

その頃、夫はどこにいた?

ラグビー部だった夫は、ちょっとごつい仲間たちとグラウンドを走り回っていた。毎日、泥まみれ、汗まみれになりながら、ひたすらボールを追っていたのだろう。

鍛え抜かれた屈強な身体で、持久走では、いつも学年トップクラスの走り。でも、そんな夫のことを、私はあの運動会までよく知らなかった。

思い出の高３運動会

１年生、２年生とすでに２回経験していた運動会。東高校の運動会は、とびきり楽しく、高校生活の中でも、忘れられない思い出のひとつだ。

先輩たちが指揮をとり、自分たちで作り上げるというのが特徴だった。今でいう〝チームビルディング〟を、実はこの高校時代に身に付けるということだったのだろう。素晴らしい教育だと思う。

この魅力あふれる運動会が、これから先も、ずっと引き継がれてほしいと、今も心から願っている。

それに何より、私にとっての運動会の魅力……。それは、女子高生らしい〝恋する運動会〟だった。少女漫画の中の少女だった私は、先輩たちの中に必ず憧れの存在を見つけ、毎年ドキドキ、ワクワクの恋愛競技を繰り広げていた。

そして、いよいよ３回目の運動会。４グループに分かれて競い合う。

今度は、自分たちが運動会を仕切る番だ。私は、紅樹グループのグランド劇場のダンスを担当することになった。

東校グランド劇場——それは、わが東校の運動会の目玉。グランドの真ん中で、それぞれチームごとに劇を披露する伝統的なイベントだ。そして……。ちょうど、幹部と劇の主役たちと振付の打ち合わせをしていた時。そう、この時、私は初めて夫と会話した。

日焼けした顔はキリッとして爽やか。いかにもスポーツマンらしい。居心地悪そうに隅のほうでちょっと小さくなっていた。

夫は幹部ではなかったけれど、グループリーダーの急病のため、ピンチヒッターで急きょ参加。グラウンド劇場の準主役になり、練習に加わることになった。最初にふたりで交わした言葉は、いったい何だったろう？　よく覚えていないけれど、胸がキュンとなっていた。校内でも人気者だった夫に〝ひとめ惚れ〟をした瞬間だ。

その後の練習が、毎日楽しくて楽しくて仕方がなくなった。これまで以上に〝恋する運動会〟だったかも。

第３章　出会い
～松山東高等学校　1976年から～

劇は戦争もののストーリーだったと思うが、軍の戦いをダンスの振りで表現していた。それを、彼は熱心に練習してくれた。

何ごとにも一生懸命で、口数は多くないけれど誠実な彼が、大好きになった。


そして、忘れられない運動会本番の日。

彼は、借り物競争に出場していた。

「どうか、彼が私を選ぶカードを引きますように……」と、私は心の中で手を合わせ、何度もお願いした。

すると、神さまは、本当にそのカードを引かせてくれたのだ。カードに書いてあったのは〝髪の毛を２つに結んだ子〟。当時の私は、おさげ髪の女子高生だった。

必死で走る彼に手を引かれながら、私は幸せの絶頂にいた。それは、神さまからの贈り物……あの時の興奮は、今も忘れられない。

願えば、叶う。そう信じられたできごと。でも、彼には可愛い彼女がいることを知って、私の恋は片思いのまま終わり。

それでも、私は教室の一番右端の後ろから2番目の席にこだわった。この席を絶対に離れようとしなかったのは、そこから、理科の教室で授業を受ける彼の姿がよく見えたから。

それが、1週間の一番の楽しみになっていた。まさに青春の1コマ……。

遠距離恋愛

青春時代の甘酸っぱい片思いが、それから10年後、結婚という形のハッピーエンドを迎えるなんて、当時は想像すらしなかった。

卒業後、私は地元の大学、彼は広島の大学に進学し、ふたりはそれぞれの道を歩き始めていた。

大学でも、彼はラグビーに夢中だった。いったいどんなふうにラグビーボールを追いかけていたのだろう。その頃の姿だけ、私の記憶の中に存在していない……。

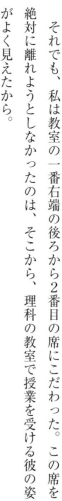

第３章　出会い
～松山東高等学校　1976年から～

当時のマネージャーさんから毎年送られてきていた年賀状。送り主の彼女は、「ご主人は、部内で一番やさしい人でした」と、お葬式の時にそっと教えてくれた。

そう、夫は本当にやさしかった。

大学を卒業すると、彼は船舶の設計士として造船会社に就職。愛媛の隣、香川県の丸亀で生活を始めた。

一方、私は大学の法学部に通い、ダンス部でモダンダンスを踊っていた。なんとなく大学を卒業して、特に目的もないまま、地元のタウン誌『タウン情報まつやま』の広告宣伝、営業の仕事に就いていた。

人見知りのない私は、根っから営業向きだったのだろうか。飛び込み営業も苦にならず、新人にしてはなかなかの営業成績……。上司は、とても不思議がっていた。

この仕事で、世の中のお金の流れを教えてもらった。

それに、エアロビクスとの出会いも、この仕事をしていたからこそ。営業先で知り合った社長から、エアロビクスのスタジオをやりたいと相談されたのがきっかけだった。

残業続きのＯＬだったが、今の私の原点は、この時代にあったような気がする。

夫との再会もそうだ。

タウン誌の取材で、たまたま香川に行くことになり、

「そっちのこと、いろいろ教えて！」

と、電話をかけてみた。

時間と距離を隔てて、あの女子高生の恋心はずいぶん薄れていたけれど、香川と聞いてまっ先に彼の顔が浮かんだのだ。

もちろん、高校卒業後も同級生の集まりなどで、たまに見かけることはあったけれど、久しぶりにじっくり話した。相変わらず口数は多くなかったが、いろいろ付き合ってくれたっけ……。楽しかった。

ここからふたりで会う機会が少しずつ増え、友人関係が長く続いた。

スキーがとても得意な彼に、スキーを教えてもらった。会社のスキーツアーにも連れて行ってもらった。

第３章　出会い

～松山東高等学校　1976年から～

私がエアロビクスのインストラクター養成コースのレッスンを受けるために、東京でしばらく暮らしていた時には、彼が遊びに来て、一緒に横浜巡りもした。そして、自然に月に1度、香川と愛媛の真ん中でデートをする遠距離恋愛に。松山と丸亀……その距離のために頻繁には会えなかったけれど、私にはかえって都合がよかった。

というのも、ちょうどその頃、私は営業先からヘッドハンティングされ、新しいエアロビクス・スタジオの運営をまかされていた。

松山では初めてのエアロビクス・スタジオだ。いくらバレエやダンスをやっていたとはいえ、ＯＬがいきなり新しいスタジオの運営だなんて、かなり大胆不敵。でも「ラッキー！」と、迷わずにエアロビクスの世界に飛び込んだ。

１９８６年のこと。世の中は、まさにエアロビクス・ブームが全盛期を迎えつつあった。それだけに、テレビや雑誌に何度も取り上げられた。

とにかく忙しかった。彼と付き合う幸せを感じつつも、大好きな仕事にのめり込んでいた。とても充実していた時だった。

結婚のために仕事を変えるという選択肢は考えられなかった。

だから、結婚の話になったら、もしかすると私たちの恋愛はそこで終わるかもしれない。それが、ちょっと怖かった。

やがて、彼に松山へのUターンのチャンスがやってきた。彼は、見事に難関の試験を突破して、地元で公務員としての人生を送ることになった。

それは、彼が本当にやりたかった仕事なのだろうか。彼にとっての夢や、本当にやりたかったことって何だったのだろう。もっと聞いてあげたらよかったと、今はちょっと悔やまれている。

でも、彼の両親は大喜びだった。

「エリーさんがいたから帰ってくる決心をしてくれた。ありがとう」

と感謝されたこともあった。それも少しはあったかもしれない。だけど、一番の理由は、長男としての自覚ではなかったか。

長男としての責任を果たすつもりで、松山に帰ってきたのだと思う。彼は、本当に親思いだったから。

とにかく、結婚への障害はなくなった。

彼が松山に戻ってすぐ、私たちは結婚した。高３のひとめ惚れから、ちょうど10年後の１９８９年。ふたりが27歳の時だ。

家族のスタート！

結婚披露宴が始まろうとしていた。

「今日は僕たちが主役……」

会場の扉が開かれる直前、彼は私の手をギュッと握ってそう言った。

口数の少ない彼が、こんな言葉をもらしたことに驚いた。「えっ？」私は、思わず彼を見ていた。その横顔は、ちょっと高揚して見えた。

おとなしいけれど、一番になりたい彼の心意気?!

〝隠れ目立ちたがり〟彼のことを、私はこっそりそう思っていたことに彼は気付いていたかしら……。

家族として最初の4年間は、お互い独身気分のままに、好き勝手なことをして過ごした。

私は、相変わらず忙しく仕事をしていた。エアロビクスのインストラクターとして、毎晩のように、レッスンを行った。

当時の受講生のほとんどがＯＬさんたちだったので、どうしてもレッスンは夜が主体。当然のことながら、帰宅も、夜遅くなっていた。

その間、独身生活の延長のように、夫は夜の街に繰り出していた。週のうち2回ぐらいは、家にいなかったかな。だんだん慣れてきたけれど、やっぱり午前さまだと、私もついついイラ立った。

休日は休日で、大好きなゴルフ、スキーと楽しんでいた。それぞれに自分勝手な夫婦だったこと、少し反省しないといけないかも。

でも、彼がスポーツクラブでエアロビクスをしていたのには驚かされた。運動は嫌いではないはずだけど、まさか……。

たまたまスーパーに行き、そこにあったスタジオの中で、たっちゃんが踊っていたのだ。

私には、何も言わないのに。私の仕事を理解しようとしてくれたのだろうか。それに、彼は一級建築士の資格にも挑戦した。役所で設計の仕事をするにあたって、学校に通い、家でも勉強していた。持ち前の集中力で勉強し、試験にも見事に合格した。

「この人、すごい」

こんな彼のがんばりは、私にもよい刺激になった。分野は違うけれど、切磋琢磨し合えた。お互いに元気でパワフルで、よく働き、よく学び、よく遊んだ。

ただ、何をするにもちょっと抜けていた私は、家庭生活ではできないことばかりだった。おおざっぱな性格で、家事が苦手……そんな私のこと、よく我慢してくれていたと思う。

きっと文句がいっぱいあっただろうけど、それを言ってしまうと手伝わされる。だから、何も言わない。手伝いはしたくない、ということだったのだろう。

自分から手伝うという姿勢は、絶対に見せることがなかった。結局、最後まで手伝いなんてすることはなかったね。

雨の日の洗濯物は早く帰ったほうが取り込もうよ。ザーザーぶりのベランダを見るたびに思った。そして、たまに家の中に入れてくれているとすごくうれしかった。

彼が文句を言わないことで、私は、家事を放棄できた気がする。奥さんがおいしい料理を作り、きれいにお掃除もして、家をしっかり守って……そういうごく普通の家庭生活を、彼はとっくにあきらめていた。そして、私もきっと仕事をしている自分に言い訳をしていた。

子どもが生まれてからは、夫と息子は、近くの夫の実家で夕食をとるという生活が続いた。

週に何度か私が料理を作ったこともあったけれど、何だか一緒に食事を楽しむことができなかった。

ある日、テレビで見た料理を試してみた。全然おいしくなかった。食べる気がしないらしい、彼の気まずい顔を思い出す。それから、思いつきで作る料理には、彼はいっさい手をつけなかった。

第３章　出会い
～松山東高等学校　1976年から～

料理下手に加えて、私には彼の好きな酒のアテなど思いつかない。ちょこちょこっと気の利いた肴を作るような芸当はできなかった。第一、私の実家は両親ともお酒をたしなむ習慣がなかったし、何よりお酒中心の食卓が嫌いだった。

そして、ある時から夫が料理をし始めた。それも、ほとんど同じものばかり。

「飽きんの？」って思うくらい……。

自分でいつも同じパターンの料理を作って食べていた。でも、私の分は、いっさい作ってくれなかった。たまには、一緒に私の分も作ってよ。

まったくかみ合わない食生活……。

「一緒に食卓を囲みたい」

子どもが小学校に入る頃、夫がこう言った。

その言葉はずっと私の心にあり、子どもの部活が終わり、少し余裕ができた時、私はひとり分も、ふたり分も作るのは変わりないので、皆で食卓を囲もうとした。でも、子どもの肉中心の料理に、夫は「わしはいらん」と言うばかり。悲しかったが、もしかしたら、身体が肉料理を受け付けなかったのかも。

家族一緒に食卓を囲む……そんな大切な家族の絆を、結局最後まで実行することができなかった。

第4章 息子と野球
〜出産　1993年から〜

息子の誕生

ふたりで家庭を作るというより、まだまだ一人ひとりの生活を優先していた結婚4年目……。そろそろ子どもが欲しいと思ったら、すぐに妊娠した。時間が経過するにつれ、お腹の中で少しずつ成長する子ども。でも、まだ母親になる実感がわいてこない。仕事も、ずっと続けていた。

「病気じゃないもん！」と。

ふだん通りに仕事をして、いつも通りにエアロビクスもしていた。今考えると、あまりにも無謀な自分自身に、ちょっとびっくり。

お腹がだんだん大きくなってツラくなったら、養成コースのアシスタントにまかせながら、9カ月目までエアロビクスを教えていた。

こんなこともあった。

ストレッチをやっている最中に、ぐっと上半身をねじったとたん「あれっ?」と妙な感覚が……。なんとお腹の中で赤ちゃんが大回転?! 逆子になっていた。で、お医者さんに教わった体操で、ぐぐっと元に戻す。

マタニティの運動を実践していたというか……。

とにかく、体を動かしていたおかげで、体重過多の心配はなかった。だけど、出産は大変だったぁ。


出産予定日を過ぎても、なかなか子どもはやって来てくれなかった。

「どう? まだ?」

心配性の義母は、毎日電話をかけてきた。

毎日何度も、同じことを聞かれるのもツラいな……と思い始めた頃、お腹に痛みが走った。

第４章　息子と野球

～出産　1993年から～

陣痛が始まり、思わず夫を呼んだ。でも、なかなか私のところに来てくれない。その日の彼は、珍しく体調が悪そうだった。

風邪ひとつひかない元気な彼……丈夫でたくましい彼が、私の支えでもあったのだけれど、たまに体調をくずすことがあった。

でも、「飲み過ぎがたたったんでしょ」くらいの気持ちで、気にも留めていなかった。ずっと元気な人と信じていた。

陣痛が続く中、夜中の12時くらいに病院に到着。

「いよいよ！」と、覚悟を決めたけれど、なかなか思うように子宮口が開かない。夜の間ずっと微弱陣痛が続いた。

朝、主治医が私をのぞきながら、陣痛促進剤を打つ。そして、何度も何度も気張ってみたけれど、やっぱり息子は出てこなかった。

最後には、吸引分娩に変更することになったが、あろうことか器械が故障……。

1回目はうまくいかなかった。

こうして、ようやく翔が産声を上げてくれた時には、私の子宮は耐えきれなかった。限界を超える負担のために大出血。思いがけない難産となってしまった。

私は、貧血で顔面蒼白。過度の疲労と痛みで、ぐったりとしていた。

翌日、少し落ち着いてから、難産について主治医の説明を受けた。夫の様子が、おかしいのが気になった。ひと言も言葉を発せず、終始不機嫌そうな顔をしていた。

隣のベッドの方の旦那さまは、とてもうれしそうに「お世話になりました」と、言っていたのに……。

いくら寡黙だからって、お礼くらい言ってくれたっていいのにと思い、後から夫に聞いてみた。

「どうして、お礼言わんの？」

「お前の出産の不具合は、病院が悪い」

相変わらず機嫌が悪そうにポツリ。あいさつをしない意味が、彼なりにあったんだ……。「頑固な人」と、改めて感じた。

そんなことなどわれ関せずと、生まれたばかりの翔は、ふさふさの髪を目立たせながら、すやすや眠っていた。こんな様子を見ていると、痛みも疲労も吹き飛んだ。

授乳のたびに髪を七三に分けられたり、翔は看護師さんにいたずらされてもご機嫌だった。

1週間の入院中は、看護師さんたちの温かい笑顔に見守られ、母になるための覚悟を、たくさん学んだ。

私の大切な宝物

翔は、すくすくと元気に育ってくれた。たっぷりとおっぱいを飲み、病気ひとつしなかった。

私は、毎朝おっぱいを絞り、義母に預ける母乳パックを持参して、仕事に出かけた。

息子の世話は、近くにいる夫の両親が手伝ってくれた。そのおかげで、仕事を続けながら、何とか子育てができた。本当にありがたかった。

ただ、いくら祖父母といる時間が長くても、私を一番と思ってくれる子どもの愛おしさ……愛おしくて、可愛くて、まぶしくて、仕事の大変な時期も、彼の天使の笑顔で乗り越えられた。

どんなにツラいことがあっても、困難にぶつかっていくらボロボロで帰っても、可愛い笑顔が癒してくれた。本当に愛おしい笑顔が。


「私の大好きな天使ちゃんは、お母さんの宝物！」

「ボク、ママとずっといるよ」

ふたりで交わした会話。翔は覚えていないだろうな。

そう、〝たかのこ温泉〟からの帰り道。手をつないで歩きながら、彼への愛おしさがあふれて、そっと手を握りしめて言ったんだ。本当に可愛かったんだから……。


市の中心・松山城から少し離れたところ、東道後温泉の隣にあるこの温泉は、私が子どもだった頃、何度か家族と来た覚えがある。当時は、大衆演芸場もあったと思う。

この隣にできたマンションを、私たちは購入していた。

何といっても、子育てを手伝ってくれる夫の両親に近いという絶好の物件にタイミングよくめぐり合い、思い切って大きな買い物をしたのだ。

さすがに夫にとってはホームグラウンド、温泉の番台のおばちゃんは、彼の同級生のお母さんだった。息子が生まれる前から、私はこの温泉の大ファン。特に、エアロビクスのレッスン後の汗をさっぱりと流し、のんびり温泉に浸かる気持ちよさは、もう格別。

だから、翔も一緒に温泉にはよく通った。赤ちゃんの頃は、すってんころりんと浴場で、よく滑ってたなぁ。

でも、大騒ぎすることもなく、いつも一緒にゆっくりお湯に浸かっていた。

少し大きくなって、小４くらいの時、温泉で同級生に会ってからは、当然のことながら、母親とは入らなくなったのが、ちょっと残念。だけど、私にとっては、最高に幸せな親子のお風呂の時間だった。

夫も、この温泉が大好きだった。毎日、温泉かごを持って出かけていた。

一時、経営の問題で浴場が閉鎖していたことがあったけれど、今はきれいになって、ホテルも併設され、一年中クリスマスみたいなイルミネーションが輝く施

設に生まれ変わっている。周囲にはきれいな花が咲き乱れて、折々の季節を教え
てくれる。

夫が生きていたら、きっと喜んで、新しくなったこの温泉に毎日通っていたに
違いない。

大学生になった息子の初めてのアルバイト先は、この温泉のホテルのレストラ
ンだった。お風呂帰りにちょっとのぞくと、翔が一生懸命に働いていた。

家では、お茶をいれるのに茶葉の分量さえわからなかった彼が、お客さんにお茶
を出したりしているのが不思議。

でも、いつのまにか、そのホールを仕切るくらい頼られるようになり、卒業す
るまで、ずっとバイトを続けた。どんどん成長しているのを実感したものだ。

野球で結ばれた親子

夫はちょっとカッコつけのところがあったけれど、ママチャリ・スタイルもいやがらずに、息子を前のカゴにのせて公園やスーパーによく通った。

特に、息子が小学校に入った頃から、グローブとボール、バットを持っていって、キャッチボールをするのが何よりの楽しみになった。

本当に楽しそうにボールを投げ、取り損なっては追いかけ、時にはバットを振る仲のよい父子の姿を皆が見かけていた。

今でも、この頃の微笑ましい光景を目にした友だちが、懐かしそうに当時の様子を語ってくれる。

息子は小学校3年生になると、ごくあたりまえにソフトボールを始めていた。

夫は、ずっと息子が野球をやる姿を夢見ていた。それが彼の希望であり、やがて生きがいにもなる。その第一歩ともいえる、息子のスポ小時代の幕開け。

秋にあった部活動体験会で、本当にうれしそうにボールを追いかけていた息子。それはそれは楽しくて仕方がないというように……。コーチに投げてもらったボールを、必死で追いかける。取れない。また走る。今度はキャッチ。キラキラ輝いていた、あの時の顔が忘れられない。

でも、楽しかったのは息子だけではなかった。夫も私も、ソフトボール時代の思い出は、楽しいことばかり。

そうそう、家族でキャンプやドライブに行っても、ちょっとした空き地を見つけると、夫はバットとグローブを引っ張り出して、すぐに飛び出して行った。もちろん、息子もあわてて追いかける。いつでも、どこでも野球の特訓を開始した。何度も見かけた、父と子の幸せな特訓風景。

時々は、私も参加した。家族3人の野球ゲームは、ピッチャー、キャッチャー、野手……ひとり何役も受け持って、全員がフル稼働。つい本気になってしまって、息が切れたりすることもあったけれど、楽しかった。

無理なのはわかっているけれど、またやりたいなぁ、家族3人で。

第４章　息子と野球

～出産　1993年から～

卒業までの３年間、暑い日も寒い日も、家族も一緒になってスポ小時代を送ったもの。夫も私も、仕事との両立が大変だったけれど、本当に家族がよくまとまっていた。

夫は、学校の練習でも、よくノックをしたりして、同じ部員の子たちも、息子と同じように可愛がった。

ご縁がご縁を呼ぶ……というか、ソフト部の監督は、夫の弟の中学校の同級生。純真で情熱系の彼は、大きな愛情で子どもたちを包んでくれていて、息子も救われたと思う。

そして、私たちは、毎週末欠かさずに、試合の応援に行った。

息子はサードを守り、いつも3、4、5番のクリーンナップのいずれかを打っていた。

「がんばれぇー」

「それ、気合入れて行くぞ！」

いつも無口な夫が、この時ばかりは、思いきり声を張り上げて声援を送っていた。初めて見た時には、びっくりだったけれど。

この時代、家族の良い思い出をたくさんもらった気がする。

中学校へ進んで、もちろん息子は野球部へ。

1年のうちは球拾いが中心だったが、2年になるとピッチャーで4番、そしてキャプテンという大きなプレッシャーの中、よくがんばっていた。

小学校ではサードを守っていたので、中学校に入って息子がピッチャーを選ぶなんて、私は全然知らなかった。でも、夫は子どもの希望をちゃんと知っていた。

実は、元々ピッチャーが希望。だけど、投球フォームが野球とは違うソフトボールで、変な癖をつけてしまったらイヤだからと、ずっとサードを守っていたらしい。

ふたりで長い目で見て、先のことを考えていたのだ。そんな話し合いもしていたらしい。

私はちょっと嫉妬を覚えながらも、父子の野球人生に頼もしさを感じていたものだ。

父親譲りで口数は少ないものの、淡々と真面目に、たくさんの部員をまとめて

第４章　息子と野球

～出産　1993年から～

いた。キャプテンの責任をきちんと果たした息子。このがんばりは、きっと彼のその後の人生の中に生きているはずだ。

中学選抜のメンバーにも選ばれ、松山の選抜チームでもピッチャーを務めた。この時も、夫婦で九州まで応援の遠征。息子の野球でハラハラし熱くなった。とても幸せだった。子どもの成長は、やはり何よりの喜びだから……。

「高校で野球がしたい！」

息子は、早くから高校で本格的に野球、それもピッチャーをすることを望んでいた。

ちょうどこの頃、仕事を通じて野球経験があり指導経験のある赤坂君と知り合い、息子の野球のコーチをお願いした。

そして、コーチとふたり、二人三脚のピッチャーのトレーニングが始まった。野球素人の私には、その内容などはよくわからない。ただ、息子にとっては兄のような、かけがいのないコーチとなったことは確かだ。

息子の真剣な様子を見ながら、「母校の東校で野球を……」と、ひそかに気持ちがたかぶるのを抑えられなかった。夫も口にこそしなかったが、同じ思いを抱いていた。

それは、お互いに言葉にしなくてもすぐにわかった。

というのも、息子が受験を決めてから、東校の野球の試合を見に出かけたことがある。野球部ＯＢも多く応援に来ていたが、関係者のところへ行って、夫は盛んに息子をアピールしていた。その時の彼の積極性に驚いた。

いつもおとなしい夫が、息子のため、見たこともないほど雄弁になっていた。中学校でキャプテンを務め、ピッチャーで4番を打っていること、松山の選抜チームに選ばれたことなど語っていたのだろう。必死な猛アピール……何だか、私には信じられないような光景だった。

その年は少し倍率も高かったけれど、息子は無事合格。私たちと同じ松山東高校生になった。本当にうれしかった。

息子の試練

久しぶりに訪ねた母校の入学式。

あの時のバスケットボール部の顧問の先生が、注意事項を伝えていた。まるで、自分が高校生に戻ったような、不思議な感覚。

斜め前には、新体操部のみかんちゃん、前のほうにはバスケット部のやまちゃんがいた。ほかにも見知った顔があった。当時の体育館の顔ぶれが、今は親として参加している。

校歌が流れてくると、ごく自然に口ずさんでいた。

ふと周りを見ると、親たちが私と同じように、うれしそうに校歌を歌っている。

そして、次の世代も一緒に歌っている。

受け継ぎたい、私たちの「がんばっていきまっしょい！」

息子は、もちろん野球部に入部した。

願いがかなって、楽しく充実した毎日のはずだったのだが……。どこかで、歯車が狂い始めていた。

毎日毎日、野球の練習でへとへとになって帰ってくる息子。何だか、だんだんツラそうになってくる姿に、不安を感じていた。

勉強をするエネルギーなど、ほんの少しも残っていない。すぐに野球と勉強の両立ができなくなり、とことん落ち込んでいた。元々口数の多くない息子が、さらに話さなくなり、部屋にこもりがちになった。

「東校で野球がしたい」そう望んだ高校生活だったのに、初めからつまずいてしまった。最初につまずくと、取り返しがつかないくらい次から次へといろいろなプレッシャーが押し寄せてくる。

息子は、勉強にほとんどついていけない状態だった。中学校から成績優秀で過ごしてきた子どもにとっては、落ちこぼれた自分が許せなかったに違いない。

「うーむ。もう無理、ついていけん……もうダメや」

何度も、息子の苦しい叫びが聞こえてきた。ベッドにうずくまって、悲痛な声を上げていた。親も、たまらなくツラかった。

週末に出される膨大な量の宿題……運動部で毎週試合があったら、いったいどうやってこなせるというのだろうか。

私たちの通っていた東校が、時代とともに変わっているのを感じた。自由、主体性が特徴だった母校が、少子化、ゆとり教育の流れの中で迷走しているようにも見えた。

とはいっても、両立できている子もいるわけだから、言い訳にはならないかもしれない。でも、うまく手を抜けない、ちゃんとやらないと気がすまない性格が災いしてか、なかなかこの状態から抜け出せない。

そういえば、中学生の時、息子の部屋はいつも整頓されていた。

ある日「忘れ物を届けて」という電話があり、「机の右下引出し手前から何番目の……」と言われた通り、まさに寸分違わぬ場所に忘れ物のノートがあった。あまりの几帳面さに、鳥肌が立ったものだ。

ただ、夫も私も思いは一緒だった。野球だけやりきってくれたら、成績はかまわないと……。

少しでも息子の負担を減らそうと、私たちは、できる限りのことをしようと思った。そして、やり過ぎていた。ちょっと過保護、過干渉の親だったかもしれないけれど、やらずにいられなかった。

高2の年明けには、週明け、学校へ行けない状態がずっと続いた。いわゆる、不登校の日々。

私は必死に励ました。

「学校は無理せんでいい。野球だけやりな。野球するために学校へ行きな！」

毎朝毎朝、ずっと言い続けた。

「学校へは絶対行かせ」と言う夫とは、よくケンカになった。成績は悪くてもかまわないけれど、とにかく学校へは行かせたがった。

つい大声で言い争う様子を見ながら、息子はまた心を痛めていた。

夫は、毎朝、仕事場から電話をかけてきた。

「翔、学校へ行った？」

私には、これが耐えられなかった。「行ってない」というのはしんどい。彼は

怒るに決まっている。本当のことを言うよりも、安心させたほうがいいかも。そう考えて、

「大丈夫、行ったよ」

と、何度も嘘をついた。

反抗期まっただ中の息子は、お父さんの言葉を無視した。あんなに仲のよい父子だったのに、会話がほとんどなくなった。

こんなことが続き、夫は息子のことで口を出すのをやめてしまった。

最後の応援

息子の不登校は、夫にとってもすごいストレスになっていたはずだ。

２０１１年の年明けには、夫は十二指腸潰瘍ができて、出血。そのため貧血からくる体調不良が続いていた。息切れや動悸がして、仕事を休むこともしばしば。入院まではいかなかったものの、薬で治療をしていた。

これは、肝臓の病気も進んでいる前触れだった。この頃から、夫は自分の身体の変調を強く感じていたかもしれない。

それでも、タバコもお酒もやめる気配はまったくなかった。

そして、私にはこんなことを言い出した。

「仕事をやめて、翔を見てやれ」

仕事をやめるって？　私が仕事をやめて、どうなるのだろう。息子にずっとついていろってこと？　息子にとって、これ以上のプレッシャーはないのに……。

そんなこと、あり得ない。そう思った。

でも、夫はそれほど心配していた。

その心配事を、母親である私に託したかったのだ。「頼む。何とかしてやってくれー」という夫の心の叫びが聞こえた気がする。

だって、ずっと仕事を続けていた私の分も、息子が小さな時から、夫は母親役をやってくれていた。ママチャリの前かごに息子をのせ、おばあちゃんちからスーパー、公園……どこへでも行っていた。

「パパと翔君、いつも生協で会うよ」

幼稚園のママ友から、よく言われた。

夫がいなかったら、私は仕事を続けられなかった。そんな夫が「翔の母親役ができない」とギブアップのサインを出していたのだ。

でも、私は仕事をやめなかった。毎日が本当にツラかった。苦しかった。

「何とか、乗り切らなきゃ」

「ひとりで乗り切るぞ」

「がんばれ、翔！」

そうつぶやきながら、日々過ごしていた。

特に厳しかったのは、息子が3年生になる直前の冬。夫が夜中に足がつって苦しんだのも、十二指腸潰瘍を患ったのもこの頃だ。

息子は、学校を休みがちになりながらも、少し落ち着いてきた。いよいよ最終学年の春大会を前にして、いったん学業を振り捨て、野球に専念することを選んだのだ。

そして、春大会の開幕。

強豪・松山商業との試合に、何十年ぶりかで勝利を上げた。息子は先発で投げ、順調に中継ぎにつないで、見事に勝った！

うれしかった。これまでの厳しく、ツラい冬の出来事を少し忘れられた。

この試合、投げ終わって、打って走塁……。その次に、また投げた時、息子の様子が、ちょっと変だった。少ししんどそうな様子に違和感を感じた。

後で聞いてみると、不整脈で、ちゃんと投げられるのかドキドキしたというのだ。

そう、息子の心臓が少し異常を感じていた。

前にも一度、練習中にあった。帰ってきて、私に訴えた。

「お母さん、今日すごい心臓がドキドキして怖かった」

「大丈夫？　病院に行ってみようか」

と、近くの循環器の病院を訪ねたところ、大きな病院でないと検査ができないと言われた。

運動時に不整脈を感じた時でないと、原因はわかりにくいと。それに、息子は若いし、よくある運動時の現象だろうということで、とりたてて深刻に考えていなかった。

息子にとっては、最後の試合に向けての勝負の時。病院に行って練習を休むことのほうが、怖かったに違いない。

もし、この時に大きな病院へ行って検査をしても、後々倒れることになる原因が判明したかどうかはよくわからない。


神さまは、最後の試合に投げ抜くことを選んでくれた。


そして、息子は、ようやく1番……エースナンバーをつかんでいた。

春の大会で松山商業を破ってから、迷いが吹っ切れたように見えた。しばらくは勉強のことを気にせず、野球に専念する気になったのかもしれない。もう、学校に行かなくなることはなかった。翔は大好きな野球で救われたと、私は思っている。

それなのに、大事な夏の大会の最後の調整1カ月前に、息子のヒジが悲鳴を上げた。投げられなくなった。野球ヒジだった。

「ここまでがんばったのに、どうして?」

と、息子はベッドの上で、涙を流した。

一方、リビングでは、夫が本当に悲しそうに涙を流していた。

私も泣きたい気分だったけれど、「ダメダメ。私が元気で励まさなければ、皆がつぶれちゃう」と思った。それで、

「大丈夫、大丈夫。病院探してあげるから」

と、言っていた。

ひたすら「大丈夫」と。ここまで野球に打ち込んできて、最後の最後なんだもの。大丈夫でないと困る。

「将来も野球やりたいなら、今はあきらめて」

整形外科の先生には、こう諭された。

「大学で野球できなくてもかまわん!」

本人は、夏の大会をあきらめる気はなかった。結局、痛み止めの薬を飲みながら、最後まで野球を続けた。

第４章　息子と野球
～出産　1993年から～

そして、夏の高校野球大会のスタート。

その年は、例年以上に暑い夏だった。猛暑の中、この大会のために球児たちは汗を流していた。父兄たちにとっても、夏の大会は特別。私は仕事をすべてキャンセルして、開会式から応援に駆けつけた。

松山東高校は、７月15日坊ちゃんスタジアムの第一試合に登場。相手は川之石高校だ。

開場と同時に、応援席はたくさんの観客で埋まった。

朝、野球部の緑色の応援Tシャツを着て自転車で出かけた夫は、父兄席から離れたところで、やはりひとりで見ていた。私は、トレーナーの赤坂君の隣で応援していた。

在校生たちのほとんど全員が応援に来てくれていた。選手それぞれのプラカードを持った応援団が、一生懸命に応援の練習をしている。翔の名前もあった。

「がんばっていきまっしょい！」

高校生たちの若い応援は、熱く真剣で鳥肌が立った。

電光掲示板にスターティングメンバーが発表される。

先発ピッチャー、背番号1番の翔の名前……誇らしかった。うれしかった。ドキドキした。

主審の「プレーボール」の声で、翔の第1球。ひじに爆弾を抱えながらも、この日、球はよく走っていた。立ち上がりは悪くない。

次の球にバッターは手を出し、何でもないショートゴロに打ち取った……と思ったら、送球を後逸して1塁セーフ。

「え〜っ？　え〜っ？」

「ドンマイ、ドンマイ……」

何かが狂い始めた。

インコースに投げた球が、バッターボックスぎりぎりに構える相手チームのバッターに当たってデッドボール。そして、ストライクにしか見えない球を「ボール」と判定されるなど審判の厳しいジャッジも続き、翔はすっかり調子をくずして自分の投球ができなくなっていた。

さらに味方のミスが加わって、完全に相手チームのペースに。1回に一挙4点を奪われる。

2回に何とか1点を取り返したものの、なかなか反撃の糸口がつかめない。3回、相手チームが1点を追加。翔は調子が出ないままに、3回で無念の降板。マウンドを後輩に託した。

その後もチームは波に乗れず、あっという間にゲームセット。7対2の完敗だった。キツネにつままれたような試合展開。あんなにがんばった翔の最後の試合がこんな展開になるなんて……。涙が出て仕方なかった。でも、よくがんばったよ。

選手たちの目にも、涙が見えた。翔も大泣きに泣いていた。さぞ悔しかったよね。お疲れさま。

夫はどんな気持ちで、眺めていたのだろう。試合後、私と目が合っても、ちょっとうなずいただけで、ひとりでいなくなってしまった。炎天下の応援で疲れたのだろう。

息子の高校野球は終わった。夫の最後の応援も終了した。

夏の大会まで野球を続けることを望んだ息子と、それを見届けるまで病院に行かないことを頑なに願った父親。ふたりにとっての野球とは？

夫が、子どもの人生すべてとともに生きていたことが、少し重たかった。そして、私も同じだ。心の中で、こうつぶやいた。

「子どもの人生は、子どもの人生ですよ、私たちは、見守ること」

第5章　肝移植

～静脈瘤破裂　２０１１年９月17日～

救急搬送……再び入院

９月の連休突入の前夜のことだ。

「きゅ、救急車を呼んでくれ……」

苦しげな夫の声が、台所からかすかに聞こえてきた。

ウトウトしていた私が飛び起きて声のするほうへ走り寄ると、台所の隅、いつものイスのところで、彼が身をよじるようにしてうずくまっていた。

ふだん我慢強い彼のただならぬ様子に驚いて、すぐに電話を取った。とっさに、今日の当番医院は、彼が入院していた県病院と違うことを思い出し、県病院に救

急車を受け入れてもらう段取りをした。

取り次ぎに時間がかかる病院の対応にイライラしながらも、必要なものをまとめ、返事の電話を待った。ただならぬ気配に起きてきた息子に、外に出て救急車の誘導をするよう指示を出す。

夫は意識はしっかりしていたが、苦痛がさらにひどくなっているように見えた。気が気でなかった。何時間も待たされたように感じた。

救急車が到着すると、すぐに飛び乗って病院へ向かう。


搬送されながら、このところの夫の様子を思い浮かべていた。

ついさっき「今日は私、先に寝るね」と声をかけた時には、疲れてはいるようだったが、あまり変わった様子はないように見えたのだが……。

乳がんの手術を受けてから2週間ちょっと。まだ痛みや違和感が完全にとれてはおらず、調子がいいとはとても言える状態ではない。そんな自分の身体に気を取られて、夫のことをちゃんと見ていなかったのだろうか。

退院後、夫はしばらく家で休養していた。その後、検査結果の数値が安定し、

第５章　肝移植
～静脈瘤破裂　2011年9月17日～

主治医の許可も出て、仕事に復帰した。

ただ、足の浮腫み、腹水によるお腹の張りは変わらないまま。やはり、以前とは身体がまるで違って、しんどそうだった。それでも、がんばる決意をしたようだった。

私は毎朝、車で夫を職場まで送り届けたが、「大丈夫?」と聞いても、いつも返事はなかった。私が手術を受けた後は、義父が車で送っていた。

夜は夜で、東洋医学を信じる彼の希望で、毎日お灸を据えてあげた。要領の悪い私は、なかなか上手に据えられず、よく怒られた。でも、何も言わずに耐えていた。

その日、帰宅してきた彼は、いつもより具合が悪そうだった。私は思わず、仕事を休むことを勧めた。

「しばらく休職しよう、お父さん」

「連休があるけん、その後考える」

そう答えたきり、彼は何も言わなかった。そんな矢先のできごとだった……

病院に着くと、すぐに救急処置室に運ばれた。

当番医の研修医は、これまでの入院カルテを見るだけで、大した治療をする様子もない。

「うっ……気分が悪い」

意識ははっきりしているし、受け答えも何とかできている。

「どうしよう……だから、休んだほうがいいって言ってたのに」

どうしたらいいかわからなかった。これは大変なことなのか。それと大丈夫なのだろうかと思ったが、やはり彼はツラそうだった。

時計は午前2時を回っていた。

おろおろしていた時に、主治医の先生が突然現れた。夫がさんざん反抗していた若い女医さんだ。それなのに、こんな時間に救急処置室に来てくれた。

「井上さん、どうしました?」

彼女の言葉に、ホッとしたのだろうか。その場で、夫は吐血した。

あんなに強い彼が、痛がって苦しみ、血を吐いてる……。そんな姿を見ているのがあまりにツラくて怖くて、そのまま私は外に出ていた。

第５章　肝移植

～静脈瘤破裂　2011年9月17日～

どのくらい時間が経ったのだろうか。先生に呼ばれて処置室に入っていくと、いきなり言われた。

「奥さん、家族全員呼んで。朝までもたない……」

「えっ……」

私は、言葉を失っていた。

「運よく、胃カメラまで持ち込めれば……なんとか」

「……」

ここで、私が取り乱してはダメ。我に返って、すぐに夫の両親に電話した。家で待っている息子と一緒に来てほしいと。そのまま、廊下でひとり待っていた。

やがて、真っ暗な病院の廊下を走ってくる3人の姿が目に入ってきた。強張った表情の義父母と、ちょっと眠そうな息子の顔が近づいてくる。不安で押しつぶされそうな中で、張りつめていた気持ちが一瞬緩んだ。

ほどなく、ストレッチャーに載せられて、夫が処置室から出てきた。

「お父さん」

「たっちゃん、しっかりして！」

「大丈夫？」

私たちは、それぞれに声をかけていた。そのまま、彼は胃カメラを撮るために検査室に運ばれていった。

検査室の前で、誰もが何も言わずに待った。何もできないのが歯がゆい。ツライ。

「どうしました？　どうしました？」

「ううっ……」

「もう少しですからね。わかりますか～」

「ううっ」

「しっかりしてくださいね～」

時々もれてくる先生の声と、夫の嗚咽。そのたびに、生きた心地がしなかった。

いったいどうなるんだろう……今、目の前で起こっている事実と、これから起こるかもしれない何かに、押しつぶされそうだった。怖かった。

胃カメラを撮り、再び救急処置室へ。

何とか処置が終わり、全員が先生に呼ばれた。

第５章　肝移植
～静脈瘤破裂　2011年9月17日～

「静脈瘤破裂《じょうみゃくりゅうはれつ》です。朝までもつか……。もったとしても、あとひと月もつかどうか。覚悟しておいてください」

またしても、淡々とした口調で夫の命の宣告を受けた。今度は〝ひと月〟と、はっきり言われた。

「うっ、うっ、うう～っ。いやだぁ……もう治らんのやろ。治らんのやろ」

先生の言葉が終わるか終わらないうちに、息子が大声で泣き始めた。ポロポロと大粒の涙を流している。

私はただただびっくりして、彼の様子を見つめていた。

反抗期で、ずっと夫に反発していた……この子が大声で泣いている。

自分の涙などどこかへ行ってしまった。私自身がうろたえているのがわかった。息子の涙に、うろたえている。

彼がこれほどまでにためていた感情に、どうして気が付いてやれなかったのだろう。そんな自分を責めた。

ＩＣＵに運ばれた夫は、吐血したために輸血が始まった。だが、苦痛は続いていた。

「朝までもつかどうかわからない」

そう言われた言葉通り、彼は苦しみ続け、ベッドの上で七転八倒していた。夫の背中、お腹、両足……皆で、ずっとさすっていた。誰も言葉を発せず、どんより重苦しい空気が漂っていた。不安が重くのしかかってきていた。

2時間ほども苦しんだ後、ようやく輸血が効いてきたようだ。やっと、やっと夫は眠りについてくれた。

よかった……。本当によかった。

眠りについた夫は、ふだんと変わらない顔に見えた。静かで、そして、いつも誠実な夫の顔だった。

そんな彼の顔を見ながら、私は自分の愛情の小ささを後悔した。自分の不義理を反省し、落胆した。

こんな状態になるまで、どうして私は知らないふりをしていたのだろうか。あれほど、主治医からクギを刺されていたのに。自分の身体の不調など、もうまるで忘れ去っていた。

彼の静かな寝顔に、家族全員が安堵した。

そして、ここから、また1日1日の命の戦いが始まる……

ＩＣＵの待合室

朝方、夫の弟に電話した。

その後、放射線医としてこの病院に勤務するたかし君から、突然ＩＣＵの病棟に呼ばれた。彼は、中学、高校時代の同級生だ。

彼がこの病院の前、がんセンターに勤務していた時、私は甲状腺の病気を診てもらい、夫の肝臓も診てもらって、専門の病院を紹介してもらっていた。

飄々としながら、診断は適格。自然を愛し、ＯＮとＯＦＦを楽しみ、しかも、時に優しく時に厳しい頼りになる友人のひとりだ。

私は毎年、甲状腺の病気の経過観察にたかし君の診察を受けていたが、主人がやっと診察を受けてくれた後の受診の時、急に表情を変えた彼から、

「お前のことより、旦那の身体のこと、真剣に考えんと……」

と言われていた。

「わかった、わかった」

と答えながら、その真剣なまなざしと言葉を夫に伝えただけで終わってしまった。

夫は、彼から紹介された病院に行き始めた。定期的に血液検査を受け、調子が悪くなってからは、薬を処方されていた。

ただ、先生から勧められた薬を夫は拒否していたことが後になってわかった。

年明けには、頻繁に足がつったり、十二指腸潰瘍で倒れたりしていたのに……。

もし、あの時入院していれば……と、悔やまれて仕方ない。

ふたりとも、逃げていたんだ。真実の身体、本当の状況から……。

そのたかし君に救急車で運ばれたことを言ってなかった、などと思う間もなく、開口一番、こう聞かれた。

「親しい人には知らせた？」

「ううん。まだ誰にも言ってない……」

第５章　肝移植

～静脈瘤破裂　2011年9月17日～

「危ないぞ。たっちゃんが急にいなくなったら、皆びっくりする」

「えーっ。でも……」

「本当に危険な状態だからな」

彼はもう状況を十分承知していた。たかし君の言葉を聞きながら、「夫はもう、この2～3日かもしれない……」そんな不安がよぎった。また、とてつもなく心細くなっていた。

そんな不安、心細さをしばらく頭の隅のほうに押しやるように、誰に知らせたらいいか、考えていた。

夫の職場のお友だち、家族ぐるみのお友だち、高校の同級生たち、造船会社時代のお友だち……大学時代のお友だちは、どうする?

とりあえず、皆には今の様子だけ知らせよう。そう決めて、メールをした。

その後、主治医からも、かなり危険な状態であることを再び告げられた。

「この1週間が勝負でしょう」

毎回、毎回、命の宣告を受けていた。

このまま亡くなったらどうしよう……。どうやってこれから乗り切ればいいのだろう。そんな思いでいっぱい。不安がますます大きくなる。意識がそちらにばかり行ってしまって、ふわふわと雲の上をさまよっているみたい。

「あ、仕事！　今日の仕事忘れてた」

ふと現実に引き戻され、少し冷静に仕事のことを考えていた。とにかく1週間は、仕事を誰かに頼もうと。


メールを受けた友人たちが、あわてて来てくれた。

「まだ意識がもうろうとしていて。今は何とも言えない状況で……」

友人たちには、現状だけ話した。先生から「もう最期かもしれない」と言われたことは口にできなかった。

ＩＣＵの待合室で、皆が言葉も少なく、ただただ夫を心配してくれた。


2日後、ＩＣＵの個室が空いてそちらに移った。

少し症状が安定して、何とか自力で立てるようになった。少しずつ少しずつ体を起こしてやっと、という感じだが、自分で立てた。やったぁ！

第５章　肝移植
～静脈瘤破裂　2011年9月17日～

昨日の晩は、あんなにもうろうとしていたのに……。もしかしたら、窮地を乗り越えられるかもしれない。

その頃、高校のラグビー仲間が駆けつけてくれた。

「どうする？　皆に会う？」

「会いたくない……」

きっと、弱りきった今の姿を見せたくなかったのだろう。

ＩＣＵの待合室にいる仲間に言いに行こうと廊下に出たら、病室のガラス越しに、手招きをする彼の姿が見えた。

皆を部屋に招き入れ、束の間の面会。最後になるかもしれない仲間との面会……何とも言えない友人たちの再会。夫は、そして皆は何を思っていたのだろう。いたたまれない気持ちで、そんな再会を見守った。

その晩、私は息子と一緒に、夫の個室で寝ることにした。

翔は、その日は学校へ行かなかった。行きたくなかった。行かせたほうがよいだろうかと悩んだが、一緒にいることにした。彼は、ぐっすり眠っている。

夜には、夫は何とか立って、トイレができるようになっていた。ベッドから夫を起こし、立ち上がろうとする身体を胸で抱きかかえながら、ふたりで泣いていた。

「どうなるんだろう、これから……。ありがとう、もう少しがんばろうね、たっちゃん」

そんな言葉が、自然に口をついて出た。心の底から。

ちょうどその時、ラジオから流れていた『サラダの国から来た娘』。私が大好きだったイルカの曲が、高校生の時によく聞いていた『オールナイトニッポン』から流れてきたのだ。

〝私、たっちゃんのところへお嫁に来ました……♪♪〟

高校生だった、あの日々が急に思い出された。あの体育館、そして、あの運動会。彼に恋い焦がれていた、あの頃……

このまま、もう彼と〝さよなら〟なんてイヤだ。そう思った。

生きて。生きて、生きて。とにかく生きて……そんな思いを込めて、夫を抱きしめた。

「これからは、ゆっくり過ごそうな」

ようやく立ち上がった夫が、つぶやいた。

そして、お互いに「ごめんなさい」を言い合っていた。

一般病棟へ

すごい！　夫の生命力の強さに感動し、頼もしさを感じていた。やっぱり、この人は強い。

1日1日の戦いを、何とか乗り越えてくれた。「朝までもつかどうか」と言われていたのが、朝を迎え、1日を越えて、また朝を迎え……と、3日が過ぎていた。

何と、ICUから一般病棟へと移れることになった。

毎日、血液検査の結果を見ながら、誰に言うともなく何かつぶやいていた。しゃべることは、普通にできるようになっていた。

ただ、腹水がたまって妊婦のようにパンパンにふくらんだお腹が、食事を通そうとしてくれなかった。お腹は大きいけれど、身体はずいぶんやせていた。排便に神経質な夫は、毎日、自分の記録をつけていた。

私は、仕事を少し再開していた。

でも、仕事中に何度も夫から電話がかかってきた。

「〝ガリガリ君〟のミルクプレミアム味を買ってきて！」

水分量を制限されているため、氷と〝ガリガリ君〟のアイスクリームが欲しくてたまらなかったのだ。それも、レアな種類などを指定してくることもしばしば。だんだんわがままがひどくなってきた。夜中に、〝何とか味〟を買いに行かされたことが何度もある。

夫はちょっとだけ元気を取り戻し、私は疲れきっていた。

3日に一度しか家で寝ることができなかった。夫は、私とできるだけ一緒にいることを望んだ。仕事をして、帰って、病院で寝る……毎日、この繰り返し。もうヘロヘロ。

緊急事態で、ちょっと忘れかけていた手術後のおっぱいの痛みも、また少しずつ気になり始めていた。

こんな私の様子を見て、夫の主治医が心配してくれた。

「奥さん、もう帰っても大丈夫だと思いますよ。手術受けて間もないんだし、そう毎日泊まっていかなくても……。旦那さんに言ってあげましょうか」

そんなことで納得するような人じゃない……と、心の中で苦笑した。でも、先生の気遣いがうれしかった。

私は、いったいこのままがんばれるのだろうか。何度も、何度も自問した。それでも、がんばるしかない。

何となく、このまま夫はちょっとずつよくなっていくような気がしていた。だって、あんな状況を乗り切ってくれたのだから……。

倒れた時「ひと月もつかどうか」と区切られた夫の命。この命の期限は、まだ有効なのか。何度か主治医に聞いてみた。

しかし、先生はいったん口にした宣告を訂正することはなかった。

きっと、夫もこの期限のことを自分の中で繰り返し問うていたかもしれない。

主治医の先生と、もうひとり、よく診てもらっていた女医さんのことを、私たちは親しみを込めて〝ちびっこ女医〟と呼んでいた。

夫は初めの入院の時から、若くて、しかも物事をはっきり言う主治医の言うことを、ほとんど聞こうとしなかった。

でも、救急車で運ばれてきた時に、まっ先に駆けつけてくれたのは、このちびっこ女医さんだ。あの時、よく知った先生の顔を見て、彼もきっと少し安心したはずだ。私も、本当に心強かった。

ただ、夫は何か聞きたいことがある時は、主治医よりもちょっと年下で、少し柔らかくお話をしてくれる、もうひとりの女医さんを選んでいた。もしかしたら、はっきり言われるのが怖かったのかもしれない。

その先生に、いろいろ質問をしていた。余命についても聞いていたことが、後になって取り寄せたカルテからわかった。

「あとどのくらい生きられますか？　3年？」

先生は、頭を振る。

「じゃあ、2年くらい生きられますか？」

再び頭を振る先生……。

「1年なら生きられますか？」

先生がうなずく。

こんなやりとりが行われていたのだろう。

本当のところ、夫の命は1年ももたないと思われていたけれど、先生は、希望を込めて〝1年〟の可能性にうなずいてくれていた。

彼は、自分の命の区切りを〝1年〟と思っていたかもしれない。絶望？　あきらめ？　それとも奇跡を起こすと？　それを聞いた時、いったい彼はどんな思いを抱いたのだろうか。

この先生と映っている夫の写真が1枚残されている。元気だった頃と比べると、あまりよい写真とは思えないけれど、彼にとって最後の笑顔の写真となってしまった。

「ぼくの肝臓をあげるよ」

「エリー、おまえの肝臓をちょうだい……」

その朝、いつものように病室で目覚めた私に、夫が突然言い出した。生体肝移植のドナーになってほしいと懇願されたのだ。

このところの仕事、病院、たまに家、という生活で疲れきり、睡眠が十分にとれていない寝覚めの悪い脳では、一瞬、何を言われているのか理解できなかった。

「はあ?」

正直のところ、冷静には考えられなかった。

がんの手術をしてまだ2カ月足らずで、そんな大手術が受けられるの? この人、私の身体の負担を考えてくれているのだろうか? 私だって、生きたい。

驚いたことに、私は少しイラ立ち始めていた。こんな症状になるまで、自分のわがままを通した我の強さ、お酒もタバコもやめようともしなかったことに。

そこまで、私の人生は、この人のわがままを聞かないといけないのだろうか……。

第５章　肝移植
～静脈瘤破裂　2011年9月17日～

本当に、イライラしてきてしまった。

毎日毎日、睡眠不足と胸の痛みで、少しずつ荒くなっていた感情が、一気にイラ立ちとなってあふれ出た気がする。快諾とはいかない。

「う、うん。そうだね」

私は迷っていた……。

7月の最初の入院の間に、末期の肝硬変の夫がよくなるには、肝移植の道も考えるべき時だと言われていた。生体肝移植か、脳死肝移植か。

これを聞いた彼の父親は、すぐに「自分の肝臓を移植したい」と、大学病院を訪れていた。だが、生体肝移植のドナーになるには、原則として65歳くらいまでの成人という条件がある。76歳の義父は、ドナーになる資格がなかった。

私はこの時、ドナーになれるのは、両親、弟、そして子ども……血のつながった者だけと思っていた。勘違いしていた。

でも、ある日、夫の病室に友人たちが集まっていた時、私にもその資格があることを知らされた。

きっかけは、夫と小学校時代からの仲よしの平ちゃんが、医師のたかし君に、

「僕の肝臓をたっちゃんにあげてくれ！」

と頼んだことだった。

その場には、もうひとりの勤務医で同級生の正治君もいた。

そして、他人の肝臓ではドナーになれないことを諭しながら、では、誰ならなれるのかという話になった。

私は、てっきり血がつながっていないから、その資格はないと思っていた。でも、配偶者は、別なのだという。

「エリちゃんにも、権利はあるんよ」

たかし君が話し始めた。結局、私からの移植の可能性を、それとなく聞いてきたのだった。生きたいという夫の願い。その願いに、今の新しい治療で応えることができるなら、可能性があるなら、考えてみてほしいと。

思ってもいなかった展開に驚くと同時に、私の心は微妙に揺れた。

心の中のどこかで、もし、私に何かあったら、翔はどうなるん？　それって身勝手なお願いなのでは？　という思いがあった。頑固にお酒をやめず、いつも、

その問題で夫婦の間がぎくしゃくしていた。それなのに、ドナーにならないかというのは……。

その時は、話がそれ以上進まないうちに転院が決まった。移植の話は、そのままになっていた。

そして、夫が救急車で運ばれてすぐ、夫の父親と弟は、脳死肝移植の道を探っていた。主治医の簡単な紹介状だけをもって、京大病院を訪ねる予定になっていた。

私は少し冷静で、もしかしたら、ちょっと冷めていた。無茶なお願いだ。間に合いそうもないし……。でも、何が何でも助けるという義父の愛を感じた。

こうなる前に、やらないといけないことがあった。それをやらなかった責任は、夫にある。そして、私にもあった。ちゃんと身体のことを考えて、栄養やお酒の摂取をコントロールすべきだった。けんかするのをやめるために、この問題に蓋をしたのは私だ。

ワラをもすがる思いで、義父は移植の申請に京大に向かった。

その義父から、「京大のコーディネーターから電話があるから……」と知らされた。

そして、さっそく電話がかかってきた。最初は、今の状況、これまでのことなどについて質問があった。

「ご主人は、どのくらいお酒が好きでしたか」

とてもやさしい声で聞かれると、つい警戒心がなくなってしまうというか……。

「はい、お酒は好きで、毎日晩酌していました。」

とたんに、移植コーディネーターの人の声が冷たくなった。

「ドナーさまの大切な臓器を、アルコールが原因の方にはお譲りできません」

厳しい口調で、はっきりと言われた。

しまった、もう少し考えなくてはいけなかった……そう後悔しても、後の祭り。

脳死移植の道はないものと思わなければならない。

義父は、最後まであきらめず、脳死移植を行っている近隣のほかの大学を訪ねたがった。が、コーディネーターの冷たい言葉を聞いてしまったから、

「無理だと思う」

と、止めるしかなかった。あきらめよう。

その時、夫の命をあきらめてしまった。そんな気がしていた。

大切な臓器――この言葉は、冷たく他人事のように響いていた。でも、少し後、子どもが生死をさまよっていた時、その大切さ、重さを、自分のこととして感じることになった。

息子と一緒の病院からの帰り道。私は車を運転しながら、何気なく肝移植の話をした。

「お母さん、僕の肝臓あげるよ！」

翔は戸惑うことなく、きっぱりと言い切った。

正直、何の迷いもなく即答した彼の態度に、私はうろたえた。純粋で、素直で、何だかまぶしかった。自分の肝臓をあげることをためらっている自分を恥じた。

ちょうどその時、ラジオから福山雅治の『家族になろうよ』が流れていた。

私は急に涙があふれ、おいおい泣いていた。

「泣かんでくれ。僕はそんなん嫌いや」

翔に怒られたけれど、流れ始めた涙は止まらない。泣きながら、彼の前では気丈でいなきゃ。この子のために、強くなろう。そう思った。

息子は、この時18歳。成人していないと生体肝移植のドナーにはなれない。

それを知っていたから、私は、正直ホッとしていた。

もし翔の肝臓に、何らかの不具合が生じたらどうするの。大好きな野球ができなくなったり、万一にでも命を落としたりするようなことがあったら……。

この時も、京大のコーディネーターの人が言っていた「大切な臓器」という言葉が、頭をよぎった。

母としては、子どもの命を守りたい。気丈になって、子どもを守るのだ。

翌日、翔が「肝臓をくれる」と言っていたことを夫に伝えると、本当にうれしそうに、にっこりと笑った。

だけど、私は内心複雑だった。

余命ひと月といわれている夫には、翔が20歳になるまでは間に合わないかもしれないけれど、子どもの思いが夫を元気づけてくれるなら……。

でも、私は反対。お願い、翔は健康でいさせて。こんな思いを抱きながら、夫には、少しでも長生きしてほしいと励ます。かみ合わない思いがごちゃごちゃと入り混じって、何だか頭の中が変になりそうだった。

夕暮れのくるりん

9月に緊急搬送された夫は、10月に入って症状が少し安定して見えた。

黄疸のため、顔色は明らかに黄色くなっているし、お腹は腹水でふくらんでいたけれど、お見舞いに来てくれる人たちと、おしゃべりを楽しむこともできた。

夕方になると、毎日のように夫の職場の人が来てくれた。

「思ったより元気そう……」

「いや〜、大丈夫なんだろうか」

意識不明の状態からの回復にホッとしたり、尋常でない姿に心配そうにしたり、人によって反応はまちまちだった。

でも皆、夫の回復を心から願い、また復帰するだろうと思ってくれていたようだ。同僚たちの信頼と期待を肌で感じた。

実のところ、彼の余命を知っていたのは、仲よくしていた同僚の辻井さんと上司のふたりだけ。辻井さんは、夫が救急車で運ばれた翌日、すぐに駆けつけてくれていた。

上司は、市役所の次の試験で、夫を推薦してくれていた。夫は、常に最年少でこれまでの試験を、パスしていた。

この推薦で、夫はがぜんやる気になった。一方で、自分の病状を考えると、今回はあきらめたほうがいいのかとも悩んでいるようだった。

そんな様子を眺めながら、私は困惑していた。余命いくばくもないと宣告されていることに、どう対処すればよいのだろう。

インターネットから課題のページを印刷するように頼まれたが、夫の思う通りにしてあげるしかない。勉強したいというなら、存分にやればいい。少しでも励みになれば、身体にもよいはずだ。

本当は、この冬を越えられるかどうかわからない病状だなんて、私の口からはどうしても言い出せなかった。

第５章　肝移植
～静脈瘤破裂　2011年9月17日～

この病院に勤めているたかし君と正治君も、毎日仕事帰りに病室をのぞいてくれた。軽くおしゃべりをして、帰っていくのが彼らの日課になっていた。そんな時は、夫も楽しそうだった。

夕食の後、少し気分転換をしたい時には、夫の車いすを押して、待合室に行った。そこの窓からは、〝くるりん〟がよく見えた。

くるりんは、中心街のデパートの屋上にある大きな観覧車。夜になると、これを彩るイルミネーションが本当にきれい。ちょっと離れたところからも見える、松山のランドマークになっている。

そういえば、まだ翔が小さかった頃、ふたりでくるりんに乗り込んだ。ゆっくり上がっていって、一番上に達した時、夫が勤める市役所がよく見えた。

そこから、息子と一緒に夫に電話。

「今ね、くるりんの一番上。そっちがよく見えるよ。見て、見てぇ」

「仕事中だよ。バカかおまえ……」

そんな言葉を交わした。幸せな思い出だ。

くるりんを眺めながら、パンパンに腫れた夫の足をいすに置いて、一生懸命にマッサージをした。夫婦ふたり、ホッとできるひと時。その頃の私は、本当に疲れ切っていたけれど、何とも言えない、ささやかな幸せの時間だった。

夫の病状が安定してくると、転院をするように病院からお願いがきた。急性期を過ぎた病人は、この県立病院にはいられない。そんな悲しい決まりに、どうしたらよいかとずっと考えていた。

この頃、私の目には、夫は少し、ほんの少しだけれど回復してきたように見えた。それで、また主治医に、夫の余命を聞いてみた。返事は変わらなかった。決して「大丈夫」という言葉は言ってくれない。

せっかく先生にも、看護師さんたちにも慣れてきたのになぁ。でも決まりは決まり。私は、転院先として勧められた愛媛病院へ面接に出かけた。

「かなり悪いねぇ。年末までもつかな……」

愛媛病院の先生は、夫の検査の数値を見ながら、こう言った。やっぱり、症状がよくないことを告げられた。命の区切りも、変わらない。

第５章　肝移植
～静脈瘤破裂　2011年9月17日～

「最後の病院になるかもしれないけれど、受け入れましょう」

自分自身に「覚悟、覚悟」と言い聞かせるしかなかった。

新しい主治医になってくれるこの先生は、私たちよりひとつ上。飄々として、やさしく、ユーモアのある先生だった。面会の終わりに、こう加えた。

「僕は余命は言いませんよ……」

転院したら、夕暮れのくるりんは、もう見られなくなる。それに、今度の病院には、たかし君も正治君もいない。

何だか切なくて仕方なかった。悲しかった。不安でもあった。

今の病院での最後の時間をかみしめるように、毎日、夫とふたりでくるりんを眺めた。彼の横顔が、ちょっと悲しげに見えた。絶対に弱音なんか吐かない人だけれど、いったい何を思っていたのだろう。

自分の命のこと？　やっぱり、あと1年くらいと信じていたのだろうか。もっといっぱい話せばよかった。もっともっと彼に寄り添えばよかった。

転院が決まった時、正治君が、いつものようにお見舞いに寄ってくれた。帰り際に、エレベーターまで送った時、こう言っていた。

「医者は、奇跡を起こす患者を何人も見てる。たっちゃんは、今の検査結果の値が信じられないくらい元気に見えるよ。春までがんばったら、奇跡が起こるかもしれん。でも、もしかしたら、年を越せんかもしれん……」

医師や看護師さんたちには、病状は見当がつくのだろう。転院する時、看護師さんからは、こう言われた。

「奥さん、これからしんどいけど、がんばって」

え～っ、今でも十分しんどいんだけど。これ以上って、いったい……。

転院

松山から30分ほど離れた東温市の東の端にある愛媛病院。昔は結核専門の病院だったそうで、少し人里離れた淋しい病院、そんな印象だ。

夫の最後の病院になるかもしれない場所。ここで、夫はちょっと淋しそうにしていた。お見舞いも、前の病院の時より少なくなっていた。

よかったのは、個室にソファーがあったこと。これで、少し睡眠がとれる……

私は、ホッとした。

それまで、ずっとキャンプ用の簡易ベッドで寝ていた。３時間くらい眠れたらよいほう。眠っても、ずっと気が張っていてぐっすり寝た感じがしない。

できる限りの仕事はしていたけれど、代わりの人に頼めることはお願いしていた。ずっと心身の疲労が続いていた。

でも、何より看護師さんたちが皆とても人柄がよくて、ありがたかった。非常に温かい看護を受けられたと思っている。

夫は、新人、ベテランを問わず看護師さんたちと、びっくりするほどうまくコミュニケーションをとり、病院になじんでいた。わが家で見せる無口で、愛想のない夫とは別人のようだった。

ゆったりと時間が流れる入院生活が、始まっていた。

救急車のサイレンが聞こえる、あの電話を受けるまでは……。

第6章　命のつながり

～息子の命　２０１１年10月16日～

学校からの電話

ピーポー、ピーポー、ピーポー……

電話を切ってからも、バックに聞こえた救急車のサイレン音が、頭の中で鳴り響いていた。

「お子さんが倒れて、今、救急車で運んでいます」

夫が入院している愛媛病院で、学校からの突然の電話を受けた。体育の先生からの電話だった。

第6章　命のつながり

～息子の命　2011年10月16日～

野球中心の生活が終わり、息子は受験体制に入っていた。その矢先、9月半ばに夫が倒れ、ようやく少し落ち着いてきた10月16日のことだ。

翔が倒れたって何？　いったい何が起きたの？　何なの？　どうして？　翔、翔……

わけがわからない。頭の中はまっ白、胸の鼓動は激しくなり、周囲の音も声も、まったく耳に入らない。

とにかく病院に行かなきゃ……車に飛び乗り、この間まで夫が入院していた県立病院へ向かった。

途中で、県立病院に勤めるたかし君に電話をしたと思うが、何を言ったのか覚えていない。取り乱して、叫んでいたような気がする。

「神さま～、神さま～お願いします。翔を助けてください」

何度も何度も、大きな声でお願いしていた。思いきり叫んでいた。

近くを走っていた車からは、おかしな人が運転しているように見えただろう。とにかく尋常でない様子に、恐怖を覚えたドライバーもいたかもしれない。

病院に着くと、玄関の前で野球部の監督が待っていてくれた。車から降りると、すぐに救急に向かう。全速力で走っていた。

救急病棟に到着しても、処置中の息子にすぐ会えるわけではない。待合室で、号泣していた。息子の名前を叫んでいた。

「翔は？　翔は？　どうなの？　死なないよね～」

待合室にいた人たちが、気の毒そうに見つめる視線を感じた。でも、恥ずかしい……なんていう感情は、これっぽっちもない。

そんなことはどうでもよかった。動揺し、混乱して、叫ばずにはいられなかった。声を出さないと、気が狂いそうだった。

「お母さん！　しっかりしなさい」

そう言って、看護師さんが私の肩を抱えてくれた。ふと我に返った。

全身の力が抜けて、ぼんやりしているところへ、見慣れた顔が近づいてきた。正治君だ。安心感のあるやさしい声が、こう言った。

「エリちゃん、翔は生き返った。脈はしっかり戻っとるから。意識はなく、しばらく低温療法に入ることになるけど……。驚かんとって。管でつなぐ処置がすむまで待っといて」

いつもの優しい正治君に言われて、少しだけホッとした。落ち着いてきたら、羞恥心が戻ってきた。取り乱していた自分が、急に恥ずかしく感じられた。

息子に付き添ってくれた先生に、やっとあいさつができた。

体育の授業中、走っていた時に突然倒れ、心肺停止になって救急搬送されたことを、簡単に説明されたが、ほとんど上の空だった。

２時間くらい経って、ようやくＩＣＵに通される。目の前に、管でつながれた翔が横たわっていた。

心電図、脈拍などのモニターから聞こえるアラーム音、ＩＣＵ特有の張りつめた空気……これらが、翔の病状の深刻さを物語っていた。

「翔、翔〜」

また、ショック、不安、恐怖感が、押し寄せてきた。心細くて、悲しくて、どうにもならなかった。

医師から説明があった。

突発性心室細動《とっぱつせいしんしつさいどう》。それが、翔の病名だ。野球をやっていた時に、何度か不整脈を感じたことがあったのは、前兆だったのだろうか。

「脳への後遺症を残さないために、低体温治療を行います。33度から1度ずつ上げていきながら、意識が回復するか待ちます」

心肺停止などで脳細胞に負担がかかった場合、脳への障害を防ぐために、脳細胞を停止させるように身体を低体温にする療法。全身を冷やして、すべて人工装置で生かさせる。その後、1日ずつ体温を上げ、36度になった時に装置を外して意識が戻るかどうか……。

「意識が回復しない場合もありますか？」

看護師さんに、何度も何度も聞いてみた。そのたびに「最善を尽くしています」と、同じ返事しかもらえなかった。

この緊迫感あふれるICUは、3週間前まで夫がいたところ。看護師さんたちは、皆、面識がある。ひそひそ話す声が聞こえてきた。

「今度は息子さんらしいよ……」

ベテランの看護師さんが、私の様子を見て、やさしく声をかけてきてくれた。とても丁寧に、慎重に。

第６章　命のつながり
～息子の命　2011年10月16日～

「今、あなたの話を聞いてくれる人はいますか」

この現実を、ひとりで抱え込まないといけない状況を察知してくれていた。ほとんど寝ていない、このひと月……何度も降りかかってくる大切な命をめぐる無理難題。もう頭の中はいっぱいいっぱい。翔のことで、導火線に火がついてしまった。爆発寸前……。

どうして？　どうして翔まで？　翔が死んだら、死んでしまったら？　私は？

そう思った時、ふと翔の言葉がよみがえった。

「僕の肝臓、お父さんにあげる」

何度も、何度も、この言葉が頭の中を回り続けた。

まさか、お父さんを助けるために、脳死になる道を選んだん？　やめて、そんなのやめてー。お父さんは、そんなこと望むわけがない……

「翔～、お願い！　助かって～」

泣き叫ぶ私の背中を、駆けつけてくれた友だちがさすってくれた。そこに、一緒にいてくれた。

少しおかしくなっている私を心配して、たかし君と正治君が、友人たちにＳＯ

Sを送っていたらしい。

「エリちゃんについておいてくれ！」

同級生たちの間を、そんな伝言が回っていた。

「大丈夫？」

「しっかりね！」

入れ代わり立ち代わり、電話がかかってきていた。でも、この時は、もう誰とも話す気力がなく、家に帰って寝ようと思った。

ＩＣＵの面会時間は限られている。朝か午後の1時間だけ。ずっとは息子についていられない。その分、思わぬところで、時間ができることになった。だから、相変わらず、夫のいる愛媛病院にも通うことができた。

でも、夫にはどこまで本当のことを話したらよいのだろう。なるべく負担にならないようにうまく伝えたかったが、難しかった。一緒に悩み、悲しんでくれる人に正直に言えないのはツラい。

それに、おじいちゃん、おばあちゃんにも……。心配性の義父母には、ちゃんと説明することを避けていた。その分、深刻さも共有できなかった。

結局、また、ひとりで抱え込むことになった。そんなことを夫の病院で、看護師さんに聞いてもらっていた。

「どうしたらいいの？　私の人生、いったい何が起こっているの？」

やさしい看護師さんの胸の中で、思いきり泣いていた。私には、ただ祈ることしかできない……。

低温治療

ＩＣＵ２日目。

翔の体温34度。ずっと眠ったままの翔は、だんだん顔が腫れてきている。そんな姿を見ているのはツライ。痛々しくて、可哀そうで、不安で、怖くて……心が折れかかる。

「意識は戻ると思う」

正治君が言ってくれた言葉だけを信じ、心の支えにして祈り続けていた。

そんな時、主治医から「心肺停止で病院に運ばれてきて生き返ったのは、2・5%くらい」と聞かされて、たちまち奈落の底へ突き落とされた。

きっとそれが真実なのだろうけれど、助かるのはほとんど奇跡ということ？　もっと大きな不安に襲われ、折れかかっていた心が砕かれるような気がした。

いくら本当のことだとしても、それをはっきり言わなくてもいい時期もあるのではないだろうか。

「なんて医者なの！」そんな恨み言のひとつも言いたくなった。八つ当たりということはわかっているけれど……。

もちろん、軽はずみなことは言えない医師や看護師さんたちの責任感は理解できる。安易な気休めなどは、間違っても言えないのだろう。だからこそ、

「翔は目覚めますよね」

毎日、看護師さんに聞いても、皆にっこり微笑むだけだった。

1日2回、1時間ずつしかない面会時間。私は、少しでも翔についていてあげたいと、できる限り足を運んだ。そして、息子の手を握り、声をかけ続けた。大好きだった曲を耳元で流した。

第6章　命のつながり
〜息子の命　2011年10月16日〜

「翔、生きて帰ってきて……」

近くのベッドでは、重症な患者さんたちの病状が刻一刻と変わり、常にあわただしかった。そんな中で、

「この状況を絶対に乗り切れる。何とかなる！」

そう自分に言い続けていた。

面会時間が終わると、今度は夫の病院へ。

夫と向かい合っていても、翔については本当のことが言えない。心の中の鉛を、全部吐き出してしまえたら、どんなに楽になれるだろう。でも、そんなこと言えるはずがない。今度は、夫がどうなってしまうかわからない。

ベッドの片隅に頭を垂れたら、彼が弱々しい手で、私の頭をなでてくれた。うれしかった。

でも、翔がこんなに大変な時に、何でたっちゃんはそばにいて一緒に泣いてくれないの。あまりにも過酷な心の叫びを口に出しそうになりながら、ベッドの片隅でうつむいたまま、涙があふれてくるのを感じた。

祈り

翌日、翔の面会を終え、その足で今治に向かった。

私が心から信頼し、いつもあるべき道を教えてくれる八祇先生に、お祈りをお願いしに行った。先生には、私の甲状腺の病気が発覚した時から、お世話になっている。

先生のスタジオの近く、ふだんから見守ってもらっている神社で、ひたすらひたすら翔の生還を祈った。本当に心の底から、祈った。

「お願い。神さま、どうか翔を助けてください」

神は、そこにいた。私のおごった心を戒め、親の本当の愛情を教え、私を光に包んでくれた。

その神の愛に包まれて、少しでも夫にもう一度、この愛をあげよう。そう思って、寝る前にもかかわらず、お祈りの後、病院に行った。

第６章　命のつながり
～息子の命　2011年10月16日～

そして、夫のお腹の上に手をあて、神からいただいた愛を必死で送った。

たっちゃんと翔を助ける愛を、私にください。

自分の頭が狂ってしまいそうな気がした。頭の中に、そこを越えれば気が狂いそうな境界線を感じながら「狂ってはいけない。狂ってはいけない……」と、おまじないをかけていた。

そう自分に言い聞かせながら、人はストレスが極限に達してしまうと、自分ではどうにもならなくなる。そんな限界まで行っている人がいる。その気持ちを、今感じることができた。

やさしくなろう。やさしくなろう。そんな使命を感じた。

祈りがあったからこそ、壊れそうな私自身の心が救われていた気がする。２・５％しか助からないと聞いて狂いそうだった時、ワラをもすがる思いでいた時、夫、そして翔が倒れてからは、自分にとって、八祇先生は救いの人だった。


ＩＣＵ４日目。

体温36度になる日。朝、翔の面会に行った後、伊予市にある父のお墓にお参りに行った。

八祇先生から電話をいただき、お墓参りを勧められたのだ。

「お父さん、翔を守ってください。お願いします」

そうお祈りして、手を合わせた。

お墓参りから翔の病院へ向かった。——
朝の面会の時はいつものように眠り続けていた翔が、なんとベッドに座ってい
た。身体がぐにゃっとなっていて頼りない様子だったが、確かに起きている……
よかった。生きてる。翔が戻ってきてくれた！
病院からは何の連絡もなかったが、昼過ぎ、体温が36度になり、翔の身体に付
けられていた管が抜かれた。そして、意識が戻ったという。驚くくらいすんなり
と……。
ただ、目の前の翔は、意識がもうろうとしたまま。私の顔を見ても、まるで反
応がない。うつろな瞳で、ぼんやりと見上げるだけ。視点が定まらない。首がす
わらず、すぐカクッと倒れた。

まだまだ鼻からつながれた管も痛々しい。挿管のために、唇が腫れて痛そうだった。声も出ない。でも、確かに生きている。

この時をどれだけ待っていたことか……。翔とたくさん話そうとしたら、

「まだ、はっきりとは戻ってませんからね」

と、主治医から言われた。

意識が戻った喜びもつかの間、今度は、別の不安がふくらんできた。もしかしたら、前のようには戻れないかもしれない。障害が残ってもしょうがない状態のようだった。

「お母さんよかったね」と、たくさんの人に言ってもらったけれど、不安な気持ちが強く残ってしまった。

ＩＣＵを離れても、もうろうとした息子の姿が頭から離れない。悪いほうへ悪いほうへと心が傾く。次の面会が、ちょっと怖かった。

面会の時間が終わり、次の面会時間までの間に病院からの電話を受けた。びくっとした。また何かあったのではないかと……。

看護師さんからのメッセージは「翔が〝アイスの実〟が食べたいと言ってます

よ」。そのひと言に、全身の力が抜けた。涙が出るくらいうれしかった。ホッとした……。

もういくらでも持っていく。ありったけの〝アイスの実〟を持って行くよ！

仲間とAED

よかったぁ……次の面会で、やっと私のことをわかってくれた。

とはいえ、ずっと挿管があったためか声帯や気道が元に戻っていない。ほとんど声が出せず、耳を近づけてかろうじて聞き取れるくらいのか細い声で、

「何で僕は病院に？　何があったん？」

と、自分の状況を聞きたがった。息子は、何があったのかまったく覚えていないという。

私は、体育の先生や野球部の監督などから聞いた話を翔に聞かせた。

第６章　命のつながり

～息子の命　2011年10月16日～

その日、翔は、朝いつものように出かけたという。

その頃、私が付き添いで家にいない時は、実の姉が家に手伝いに来てくれていた。私は、主人の付き添いのため家に帰らなかったので、その朝は家にいなかった。翔は朝食をとらなかったらしい。もしかしたら、体調が悪かったのかもしれない……。

野球が終わり、それほど運動もしていなかったと思う。

その日、体育の授業で、久しぶりに持久走を行っている最中に、息子は突然倒れた。

「俺、なんかおかしい……」

そう言って、走りながらその場に倒れ込んでしまった。

そこは、ちょうど青柳《せいりゅう》の木の下。今は伐採されてなくなってしまったこの木は、私たち東校生には思い入れのある木。神木のようにも思われていた。

ちょうど野球部の仲間と３人で走っていた時で、そんなに早い集団でもなかったらしい。急に翔が倒れ、まわりの皆は大慌てで先生を呼んだ。

「ＡＥＤ、ＡＥＤ」そんな叫び声が行き交う。

一緒に走っていた寺田君が、すぐに近くにあるＡＥＤに向かってダッシュした。

その時のＡＥＤは、学校でも屋外についていたもの。それに向かって、一目散に走ってくれた。もうひとりの仲間が、少し離れたところにいた先生を呼ぶ。

先生が駆けつけた時には、すでに息子は心肺停止状態。救急車を呼ぶように手配する一方で、先生は心臓マッサージを開始した。「一、二、三、四……」

そこへ、寺田君がＡＥＤを持って急いで戻ってきた。

ＡＥＤ1回目、反応なし。ピーピーピー。「離れてください」の音声が響く。

2回目もダメ。ピーピーピー。

3回目で、翔の心臓が動き出した。

電気ショックを与えられるたびに、身体は宙に浮いたという。突然の出来ごとで、周囲は騒然としていた。


緊急事態を知って、別の先生もＡＥＤを持って駆けつけてくれたというが、それを待っていたら、息子の心臓は再び動き出すことはなかったかもしれない。

この時の寺田君のとっさの行動がなければ、助からなかっただろう。万が一、助かったとしても重篤な障害が遺っていたかもしれない。

寺田君の行動なくして、翔の命はなかったに違いない。

野球部で、最後の最後までエースの座を争ったライバルの寺田君に、翔は命を助けてもらった。本当に感謝しかない。

いろいろなことがあったけれど、何とか野球を続けられたこと、そして、その大きな財産でもある仲間が救ってくれた翔の大切な命。その根源は、東高野球部にあったのだろう。

あなたしか救えない命がある。

そうなんだ、その勇気ある行動が、翔を、そして私の人生も変えた。


息子が病院に運ばれてから、ひたすら彼の命と向き合った。実を言えば、夫のことを考える余裕はあまりなかった。

そんな状況だが、義父母には、翔の本当の病状は知らせなかった。そして、ようやく意識が戻った時に、そのことをできるだけ簡単に伝えただけだ。

だから、意識が戻ってくれた喜びは共感してくれたけれど、私がどれほど苦しかったかは知らない。半狂乱になっていたことなど想像もしていないはずだ。そう思うと、自分の中で何だかもやもやするものを感じた。

そのもやもやは、私にとっては一大事となって襲ってきてしまった……

息子は、意識が戻ると、翌日にはすぐに一般病棟に移された。

意識が戻って、たったの1日。こんな状態で、一般病棟なんて大丈夫なのだろうか。とても不安だった。

ICUでは、常に看護師さんがそばにいてくれた。また、1日の面会時間も限られていたため、私はいつも病院にいる必要がなかった。だから、これからは、私がずっと付き添いをしよう。

状況が急に変わることも多く、スケジュール調整がうまくいかない時もあるかもしれない。そんな時は、友だちや姉にも付き添ってもらって、翔が絶対ひとりにならないようにしようと思っていた。

そして、一般病棟での初めての晩を迎えるはずだったが、義父から電話があった。

「今日はたっちゃんの調子が悪いので、たっちゃんのほうについていてほしい」

第６章　命のつながり

～息子の命　2011年10月16日～

そう頼まれて、ドキッとした。まさか、息子の命と引換えに、今度は夫の調子が悪くなったのではないだろうか。

イヤな感じがして、後ろ髪を引かれながらも、翔の病院を後にした。付き添いは義母に頼んで、夫のところへ急いだ。

着いてみると、確かに調子がよいとは言えないが、とりたてて悪くもなさそうな夫が、いつも通りにそこにいた。

義父の言葉を信じて来たけれど、ちょっと肩すかしをくったような気がした。どうしようと少し迷った。でも、これからまた翔のところまで戻る気力はなく、その晩は夫の看病をすることにしたのだが……。

翌日、一般病棟にいる息子に会いに行った。とにかく、5日間も意識不明の中、管で繋がれていた翔。意識は戻ったものの、昨晩は吐いたり、激しい頭痛に襲われたりという状態が数時間も続いて、よほど苦しかったのだろう。

「何で、昨日いてくれんかった……」

そう言って、翔は大粒の涙を流した。その涙に、心が揺さぶられた。息子にツラい思いをさせてしまった。意識が戻ったからと、安心してしまっていた。何て母親なんだろう。私は、ただただ詫びていた。

そして、心の中で、何が何でも翔のことを一番に考えようと思った。私は、この時命の選択をしてしまった。息子の命を一番に考えようと、心から思っていた。

たっちゃん、ごめんなさい。

それからは、息子と夫、ふたつの病院を掛け持ちしながらの生活。それでなくても眠れなかったのが、ますます寝る時間がなくなった。布団の上で寝られるのは、3日に一度くらい。

身体が疲れるにつれて、イライラすることが多くなっていた。眠れない、疲れた、ツラい……夫に愚痴をこぼすことも。

でも、それは彼に「よくがんばったね」とほめてもらいたかっただけなのだけれど……。言葉が足りないせいか、夫を責めるような口調になっていたこともしばしばだった。

そしてついに「おまえは、わしの気持ちもわからんのかー。翔のそばに行ってやれなくて、どんなにツラかったか知らんやろか」

そうだ。夫もツラいはずだ。あんなに子煩悩だった夫が、この状況をどんなに心配していたかなんて、わかっているはずなのに……。

私は、この1週間、この何カ月かが大変だったことをいたわってほしかっただけ。「がんばった」とやさしくほめてほしかっただけなのに、夫を怒らせてしまった。自分の気持ちもどんどん追いつめられる。

お互いに気持ちが昂ぶり、大声で叫び合い、私は大泣きしてしまった。

その時、そっと病室へ入ってきた看護師さんのバツの悪そうな顔。今でも時々思い出す。

でもこの頃から少しお互いの気持ちを考えられるようになる。

心の底から「ありがとう」

息子の意識が戻った日。東高の校長先生が、最初の面会者となった。翔の姿を見て、大粒の涙を流してくれた。

翔を心配して心あたたまる手紙をくれた野球部のOBたちや、母校の学生だといって、ICUを何度ものぞきに来てくれた先輩の医師、ありがとう。

翔は生きています。

意識が戻った息子は、ベッドに腰をかけていられるようになり、立ち上がろうとしていた。

腰をかけたまま両足を踏ん張り、ベッドに手をついて、ゆっくり少しずつ身体を持ち上げる。ゆっくりゆっくり……立てた！　息子は思わず声を上げていた。

「よっしゃ‼」

身体の回復を、生きていることを、実感したのかもしれない。

第６章　命のつながり
～息子の命　2011年10月16日～

一歩、一歩進めるようになり、すぐにトイレにも行けるようになった。ぐんぐん身体が回復しているように見えた。

息子の回復につれて、夫のところへ行ける時間も少し増えた。

愛媛病院では、よく車いすを押して、夫と病院内を散歩した。くるりんは見えなかったが、天気がよい日には、遠く東のほうに美しい霊峰・石鎚山が望めた。手すりのあるところまで行くと、夫はゆっくりと車いすから立ち上がり、軽く身体を動かした。

ほとんど寝たきりの生活は、彼の頑健だった身体を、どんどん衰えさせていた。でも、ラグビーで鍛えた身体は、検査で表れる数値に比べて、はるかに元気だった。

この数値で立ち上がることができたというだけでも、ほとんど奇跡だと言われていた。

庭に出る通路のところで、車いすの操作が下手な私は、よくつまずいた。そのたびに夫は衝撃を受けて、怒った。

私は「ごめん、ごめん……」と言うしかなかった。

それでも、庭に出て深呼吸をしたり、山を見上げたり、ふたりとも少しだけリフレッシュできた。こんな時の夫婦の会話は、やはり翔のこと。倒れたことについて本当のことは伝えていなかったが、それでも息子が回復していることで、彼は安心していた。

散歩で庭に出た時、私は、よく夫の動画を撮った。

お互いに顔を合わせることも、言葉を交わすこともできない父親と息子。それぞれの動画を撮って、両方に見せて元気づけようとしたのだ。

息子は、照れ臭がって、言葉をあまり発しようとはしなかった。口数が少ないところは、父親そっくり。でも、どんどん良くなっている様子は、画面からも十分に伝わった。これを眺める夫は、うれしそうだった。会いたかっただろうな。

息子以上に無口で照れ屋な父親は、それでも彼らしく誠実にカメラに向かってくれた。

「大丈夫。何とかなる」

「お父さんもがんばるから……」

最後まで生きようとした夫が、画面の中で弱々しく笑っている。

本当は、息子に最後のメッセージを残してほしかったのだけれど、そんなこと言い出せるはずもない。一生懸命生きようとしている彼に、そんなこと……。

でも、夫は、ちゃんと精いっぱいのメッセージを遺してくれた。息子は、まだそれを見られずにいるようだけれど。

「翔、手術は簡単そうやけん、がんばれよ、お父さんも生きるけん。それとのう。大学はどこでもええ、入ってから勉強するかせんかは、その人しだいなんやけん……」

受験のことも心配したメッセージだった。

そして、翔からの最後のビデオメッセージは、手術が終わった後のもの。

「手術、成功だ。１週間したら、岡山に行くけん、肝臓の移植が決まるまで生きとってくれー。いや、いや。生きろ」

このメッセージは、夫に届けられなかった……。

この頃の私は、３日に一度はこの愛媛病院、あとの2日は翔の病院に通っていて、時々家に帰って寝る。そんな生活だった。

ゆっくりと寝られないこともあって、あれよあれよと言う間に体重が減っていた。でも、そんなことを気にしている余裕などなく、病院通いの合間に、時間を作り出して、できる限りの仕事をこなしていた。今できること、目の前のやるべきことを、ただ精いっぱいこなすしかなかった。

ある日、夫の病院に泊まっていた時、急に近くの温泉に行こうと思いついた。彼に言うと、とても怪訝そうな顔になり、露骨にイヤな顔をした。

「私もうボロボロだから、ちょっとだけ。1時間で帰ってくるから」

強行突破して、温泉に向かった。

温泉に浸かり、たまっていた疲れやイライラを流した。気持ちいい。

そして、そこで初めてマッサージを受けた。いつもは、電気マッサージ機のマッサージしかやったことがなかったのに……。

その日は、無性に人の手で触れてほしかった。人の優しい手のぬくもりが恋しかったのかな。

マッサージを受けながら、なぜか涙が出てきた。一度流れると、堰を切ったように涙があふれた。

その手は温かく、やさしく、心地よかった。人の手が、これほどまでに心を癒してくれるなんて……。

私も、身体をほぐすことを仕事としてやっている。人の手で癒されながら、このぬくもりほど癒しとなるものはないのかもしれない。そう実感していた。

たった1時間のお風呂で、ちょっとだけ元気をもらった私。こっそりと病室に戻り、音を立てないよう気をつけながら、夫が眠っているのを見届ける。

そして、いつも通り病院のベッドで横になった。この頃、少しでも寝る時間を確保することを優先し、睡眠導入剤を飲んでいた。飲んだとたんに、眠りにつく。

夫は、昼間寝ることが多くなると、夜は眠れないらしく、夜中じゅうDVDをつけていることがよくあった。

私は音が気になって眠れず、文句を言ったことがある。すると、

「夜中に目が覚めると、怖くてたまらないんじゃ……」

夫は吐き捨てるように言った。今まで聞いたこともない彼の弱音に驚いた。そ

んなことも私はわからないくらい、疲れていた。

でも、それを聞いてからは、とにかく不満を言わず、夜中に起きて笑顔でトイレに連れて行く、そう決めた。

夫が好きなのは、ドラマ。そういえば、よくＴＶドラマ「仁」のＤＶＤを見ていた。

今も、このＤＶＤを見ると、懐かしさと悲しさと罪悪感に、胸がキュンとしてしまう。

いつも夜中に私を起こしてトイレに行っていた夫は、いつからか看護師さんを呼んで、私を起こさないにようになった。

ありがたかった。それだけでも、疲れが少し軽くなる気がした……ふたりは、少しずつ少しずつ相手を思いやれる気持ちになっていた。

県立病院では、たまに臨床心理士の先生に話を聞いてもらっていた。

翔が倒れた時、あまりに混乱していた私の様子を見て、看護師さんが紹介してくれたのだ。

第６章　命のつながり
～息子の命　2011年10月16日～

私自身、身体だけでなく心の勉強もしていたので、いったいどうやって癒してもらえるのだろうかと、相談してみた。

それは、ごくシンプルだった。私が話すことを、じっくり聞いてくれる。ただただ、ひたすら聞いてくれる。それだけ……。

「何か教えて！　何か決めて！　何か言って……」

答えがほしかった。何か言ってほしかった私は、そう心の中で叫んでいた。それでも、先生はほとんど口をはさむことなく、ひたすら私の話を聞いてくれた。

今思えば、これは、心理士としてベストの治療だったのだろう。

夫にも、実の母親にも、義父母にも、そして子どもにも、誰にも心の内を聞いてもらえない。本当は聞いてほしくて仕方がない自分の気持ちを言葉にして、私は先生に聞いてもらっていた。

心を少し軽くすることができた。ありがたかった……。

愛媛病院での夫の治療は、ほぼ薬物治療になっていた。

毎回緊急で検査して出てくる結果を、彼は神経質に見ていた。自分の命があとどのくらいなのか確認しようとしていたのだろうか。

主治医は、最後まで命の告知はしないと言った。

「そんな話を聞いたら、旦那さん、きっと一気に弱る。私は、最期まで希望のあることを言いますから……。旦那さん、けっこう弱いよ」

その言葉にびっくりした。主人は強い人と思ったのに、そうだ、強がってがんばっていたんだ、ずっと……。

その時、私はこれから生きていく人のことしか考えてなかったような気がする。

私は、もし最期とわかったら、翔に伝えたいことを伝えてほしいと、強く願っていた。毎日毎日ギリギリの生活の中で、本当に余裕がなかったのかな。

夫はもうあと少ししか生きられない。それを受け入れた時、何年か前にご主人を亡くした仕事の先輩に聞いてみた。

「最期は、一体何をしたらいいの？」

「ありがとうの言葉……」

先輩は、迷うことなく言ってくれた。

私は、彼女のアドバイスを聞き、なぜか、とても素直に心を決めることができた。

もう残り少ない夫の命。命ある限り、どんなことがあろうと「ありがとう」の言葉を言い続けようと。

嘘でもいい。怒りの気持ちがあったとしても、それを彼に見せることはやめよう。今日から、機嫌が悪いのはやめる。そう自分に誓った。

そして、何かにつけて「ありがとう」を口にすることにした。笑顔で話した。主人は、毎日「いつ来る？」と聞いた。時には弱々しいこともあったけれど、本当にいつも私を待っていてくれた。

疲れはててボロボロだった私は、ムッとすることもあったけれど、すぐに顔に出さないようにした。演技でもいいから、にこやかに。初めのうちは、かなり努力が必要だったが、とにかく「ありがとう」を言った。言い続けるようにした。すると、どうだろう……。この魔法の言葉は、たちまち効力を発揮。突然、夫が謝ってきたのだ。

「ごめん、エリー。ツラくあたって、キツくあたって、ごめん。もう少しそばにいてくれ」

いったい何だろう……。涙を浮かべて、やさしく言ってくれたのだ。

何十年も、お互いにツッパって本当の思いを伝えられなかったふたり。それが、「ありがとう」のおかげで、最後の最後に仲直りできた。心の底から「ありがとう」と言えた。お互いを許し合い、口に出せなかった思いをわかり合えたと思う。

私は、翔の病院と行き来しながら、毎日10分でもいいから、必ず夫に会いに来ようと強く思った。

この頃には、3日に一度夫の病院に泊まり、2日は翔に付き添っていた。翔は完全看護で、私は夜中には病院を出られたので、夫のところまで足を延ばして30分くらい夫の顔を見てから帰る。そんな生活になったが、とりあえず2日は布団で眠れた。

息子の心臓

翔の心臓が元に戻り、身体も回復してきて、あとは退院を待つだけ……と、息子も、私も思い込んでいた。

ところが、主治医からＩＣＤ手術をするよう勧められた時には、驚きとショックで言葉を失った。

ＩＣＤというのは植込み型除細動器のことで、この小さなＡＥＤを身体に埋め込むという手術。ペースメーカーとは違い、いわば保険のような役割をするもので、今度心室細動が起こった時に、その器械が稼働するというわけだ。

手術自体は、難しいものではないという説明を受ける。

でも、ＩＣＤ手術を受けることに、翔は最後まで抵抗した。

「何で僕だけ、こんなことになるんや」

「人造人間になんかなりたくない！」

そう言って、布団をかぶって泣いたこともある。

私も、息子に手術なんて受けさせたくない。もうこんな細動は起こらないのでは……と思い、なかなか手術を承諾しなかった。

でも、心肺停止の後はすべてこの手術をしないと退院させていないという。それでは、受けるも受けないもないじゃない。

ただ、この病院では、これまで高校生という低年齢の患者へのＩＣＤ手術は前例がないそうだ。ＩＣＤそのものが、非常に新しい治療だということもあるようだが……。

本当に息子は大丈夫なのだろうか。命にかかわるようなことはない？　いくら難しい手術ではないと言われても、不安はぬぐえない。

彼のこの先の人生を思うと、なかなか決心できない。この器械が入っているために何かと困難に直面することも少なくないはずだ。

しかし、主治医やセンター長である医師からは、強い説得を受けた。

「命より大切なものはない」

と諭され、また、このままでは退院できないことをとことん知らされた。

さらに、夫の病院へ行くための外出許可をもらうのにも、何が起こっても個人の責任……そんな契約書を18歳の息子が書かされた。

さすがに、この契約書で翔も気持ちが揺らいだかもしれない。

ぎりぎりまで悩んで悩んで、ようやくＩＣＤを入れることを決意した。

そんなこともあって、手術をするまでにずいぶん時間がかかってしまったが、その間に夫の病状は日に日に悪くなっていた。

再び、肝移植へ

「とにかくお子さんの手術の日までは、旦那さんをもたせましょう」

12月が近づいて夫の容態が悪化。この週末を乗り越えられるかが山になるという状況で、主治医は私に翔の手術の予定を確認し、そう言ってくれた。

手術は、12月７日と決まっていた。

息子の手術に立ち合っていると、最悪の場合、私は夫の死に目に会えなくなる可能性がある。もちろん息子も、だ。

「神さま、お願いします。どうか夫の最期は、子どもとふたりで看取らせてください」

私の願いは、もはや命を助けて……なんて贅沢は言っていられない。ふたりで夫を看取ること、そのことだけに集中した。

その時、どうやって翔の病院から愛媛病院まで駆けつけたらよいか。どうやって翔を連れて行ったらよいか。いろいろなことを考えていた。

そんな時、夫の弟によってもたらされた新たな希望。京大のドナー登録の一件以来、あきらめていた脳死肝移植の話が、再び浮上したのだ。

義弟が、夫のデータを持って岡山大学を訪ねてくれていた。岡山大学の診断を受けることを条件に、肝移植の話が進んでいた。

この話を聞いた時、正直なところ、私はちょっとためらった。

岡山まで夫を移送することの身体への負担。それに何より、翔の手術が重なって、今、私は松山から岡山へは向かえない。ということは、最悪の場合、最期を看取りたい、という唯一無二の願いが叶えられないかもしれないことでもある。

そう思うと、なかなか決断できなかった。でも、主治医の言葉が、私の心を動かした。

「井上さん、このチャンスが最後。岡山大学が受け入れるということに１％でも望みがあるなら、奇跡を信じてみたら……。僕もご主人の元気な姿を見てみたい」

私ももう一度、たっちゃんの元気な姿を見たい……。それに、「ここにいても死を待つばかり。望みがあるなら、岡山へ行きたい」

生きることを望んだ夫の言葉に動かされ、岡山大学へ受け入れをお願いした。

そして、12月１日に、岡山大学からスタッフが検査に来て、翌日突然「今日受け入れる」という連絡が入る。びっくりするほどの、急な展開。

その日は、ちょうど翔の外出許可が出ていた。夫のいる愛媛病院のほうでは、心室細動が起きても対処できないと難色を示していたが、レンタルしたＡＥＤを持参して、夫のお見舞いに息子を連れていった。

おかげで、翔は岡山に向かう夫を車まで見送ることができた。

「わしもがんばるけん、おまえもがんばれ」

「がんばるから……」

父と息子、ふたりで直接言葉を交わし、手を握り合った。

今思えば、翔にとっては、父親と意思が通じた最後のひと時。神さまがくれた、最後のチャンスになった。

岡山への3時間の移送には、家族ぐるみの友人だった辻井さんが、仕事を休んで付き添ってくれた。夫の両親にも車に乗ってもらって、当座の看病をまかせた。

そして、息子とふたりで手を振りながら、遠ざかっていく夫の車を見送った。

第7章　最期の涙
～夫の旅立ち　２０１１年12月24日～

生きる可能性を信じたい

松山の市街を抜け、バスは高速道路をひたすら進む。やがて、夫が好きな丸亀の町を通り抜け、目の前に瀬戸内の海が広がった。

淡々と変わる風景をぼんやりと眺めながら、私は夫のいる岡山へと向かっていた。

昨日、転院する夫を見送った後、翔を県立病院まで連れて帰ると、どっと疲れが出て立ち上がれなくなった。ずっと気が張っていたのが、ちょっと緩んだとたん、全身の力が抜けるように倒れ込んだ。

その夜は何も考えないように、薬を飲んで爆睡した。

次の日、朝早く岡山に向かおうと思っていたが、バスに乗り込む気力がなかった。とりあえず、病院へ行って息子の様子を見てから、ようやくバスに乗った。疲労感が、岡山までの距離をより遠く感じさせた。そして、急に怖くなった。3時間の距離は、一度行ってしまったら、そう簡単には戻れない。どちらで何かあったとしても、すぐには駆けつけられない。そんな時は、いったいどうすればよいのだろうか。

初めて門をくぐった岡山大学。到着すると、まず玄関先で義弟から病状を聞き、すぐに病室へ向かった。

目の前に、元気なく横たわる夫。思わず駆け寄り、「遠かったよー」と頬ずりをすると、彼の表情が柔らかくなって、少し笑顔を見せた。

彼は、数値的にも、もうぎりぎりのところでこの病院にやってきた。さすがにかなりツラそうだ。そんな様子を見るにつけ、この選択、本当によかったのだろうかという気持ちも強くなってくる。

でも、夫自身が、わずかに残された〝生きる〟可能性を選んだ。生きることを望んだのだ。よいも悪いもない。

ここでは、夫の両親と弟が２日間ずっと付き添ってくれていた。初めての場所で、いろいろな手配などさぞ大変だったに違いない。

高齢の上に環境も違って、義父母の疲れもかなりのはず。それでなくても心配性の義母は、ちゃんと眠れているのだろうか。

今夜は、両親にはホテルでゆっくり休んでもらうことにして、私が夫の横で寝よう。そう決めていた。

翌日は日曜日。なぜか、担当の医師がなかなか現れない。夫の調子は、相変わらず優れない。というか、どんどん悪くなっているようで、気が気ではなかった。

大学には、スターバックスがあったので、甘いコーヒーを持っていったら、とてもおいしそうに飲んでいた。名産のマスカットも、ぺろりと平らげた。これで少しでも元気が出てくれるとよいのだけど。

実は、この頃、血糖の調節ができなくなっていて、低血糖を起こしていたらしい。それがわかっていたら、甘いものをもっとあげられたのに……。

脳死肝移植の場合、移植が必要な患者は、まず、その病院の倫理委員会にかけられ、それから全国の脳死の倫理委員会で順番が決められる。夫は、すぐに病院の倫理委員会にかけられることになっていた。

その間も、夫の病状はどんどん悪化。時々、猛烈な痙攣を起こすようになっていた。

息子の手術

私が岡山に行っている間に、高校の同級生たちが、そっと息子の部屋に差し入れを持ってきてくれていた。

「誰かわからんけど、お父さん、お母さんの同級生だって……」

と息子。お菓子やお弁当がいくつも置かれていた。

両親がそばにおらず、ひとりでさぞや心細くしているだろうとの心遣い。変わらない友情に、感謝しかない。

手術の日が近づくにつれ、岡山にいる夫の容態が気になりながらも、翔の手術のことに集中した。手術の成功を、ひたすら祈り続けた。

そして、12月７日の手術当日。

ＩＣＤの埋め込み手術は危険な手術ではなく、部分麻酔で行われる。危険でないとは聞かされていても、何が起きるかなんてわからない。ひたすら待つ身にとっては、生きた心地がしない。まして、翔を守る人間は、今ここに、私しかいない。

野球部の先輩であり、お世話になった同級生が付き添ってくれたのが、とても心強かった。

手術開始から、あっという間に1時間が経ち、2時間、そして3時間が過ぎても、翔は病室に戻ってこなかった。

思った以上に時間がかかっていた。

「何かあったの？」

そんな不安を胸の奥の奥に押し込めて、必死に祈りながら待った。不安がさらに大きくなってきた頃、ようやく翔が戻ってきた。

無事に、病室に帰ってきてくれた。心底ホッとした。不安と緊張から解放されて、身体の力が抜けた。

翔はこれからの人生を、このＩＣＤとともに生きていかないといけない。でも、迷ったり、嘆いたりしてなどいられない。ＩＣＤは、生きることとの選択なのだから……。

後に、翔が東京で就職するにあたって病院を変えることになるが、そこの主治医が、当時の翔の検査結果を分析してくれた先生だということがわかる。今、原因が少しずつわかってきた。

小学校でのソフトボールに始まり、息子がずっと野球を続けられたのは、もしかしたら奇跡に近かったのかもしれない。

そして、彼があれほど嫌がり、今もまだ受け入れきれていないＩＣＤのおかげで、その後、大学時代に命を助けられることになる。それは、大学時代、スポーツクラブでの水泳中、いつも以上にスピードをあげていたとき細動がおこり、気が付いてプールサイドに上がったので、大事には至らなかったが、その時この器械に助けられた。

それを思うと、この時手術を受けておいて、本当によかった。

この日、手術が無事に終わって、すぐ岡山の病院にいる義父に電話を入れ、夫に伝えてもらった。

「たっちゃん、泣いて喜んどる……」

夫とおじいちゃん、おばあちゃんの安心した様子が、電話の向こうから手に取るように伝わってきた。

でも、これが、夫の最後の意思表示となってしまうなんて……。

岡山大学ＩＣＵ

12月８日。息子の手術の翌日、岡山大学から電話があった。

「ご主人が脳出血を起こして、意識不明の状態です。挿管の許可をいただけますか」

翔の無事を確認して、夫は意識をなくしていた。

思わず、両手を合わせていた。祈っていた。

たっちゃん、翔の手術が終わるのを待っててくれたの。でも、もう少しがんばって……。

私は、その挿管の意味を正治君に聞きに行き、これから大変な時期を迎えると自覚した。その足で、急いで岡山に向かう。辻井さんが付いてきてくれた。

岡山病院に着くと、すぐにＩＣＵへ。

夫は、身体中にたくさんの管をつながれ、ただ眠っていた。腹水がたまって、あんなに大きくふくらんでいたお腹はペタンコになっていた。

「よかったね、腹水抜いてもらって楽になったね……」

「こんな遠くに来て、がんばったよね」

「翔も無事だからね。手術うまくいったよ。退院したら、一緒に来るからね」

意識のない彼に、いろいろと話しかけた。返事はないけれど、きっと聞こえている。そんな気がしていた。

ＩＣＵでは、夫は呼吸も血圧もすべて人工の装置で、生かされていた。でも、頬も手も暖かい。ちゃんと生きている。

第７章　最期の涙
～夫の旅立ち　2011年12月24日～

その手に、彼が大好きだったハンドクリームを塗ってあげた。

「いい匂いでしょ？　たっちゃんの好きな匂いよ……」

その時、夫の表情が一瞬緩んだように見えたのは、気のせい？　ここでも、何度となく「ありがとう」の言葉を繰り返していた。

そして、意識がないながら、義兄がお見舞いに来た時もまた、精いっぱいの表現をしてくれている。意識がないのではない……そうなんだ、こちらのことはちゃんとわかっている。

しばらくして、主治医に呼ばれて話を聞きに行く。

「このまま脳出血が続くと、移植を受けることは難しいと思う。とりあえず、もう少し様子を見ながら、回復を待ちましょう」

というのが現状だった。

「子どもが手術を受けたばかりで、しばらくは、こちらにあまり来られないのですが……」

そう言うと、主治医は複雑な表情を見せた。

「気持ちはわかるけれど、ご主人のためにもあなたとの時間を大切にしてあげてほしい」

「でも、子どものそばにいたいんです」

ほしい」

思わず、そう言ってしまった時、淋しそうに私の顔をのぞき込んだ先生の顔が、今も忘れられない。

「残り少ないのはお父さんのほうですよ。あなたのそばにいられる時間は、もうこれが最後かもしれない」

きっとダメな奥さん、薄情な奥さんと思われたはずだ。

わかっている。そんなことわかっている。けれど、あの時、翔の意識が戻った時、そばにいてやれなかったことがツラかった。

「どうして、いてくれんかった」と泣かれたことが……。今度は、ちゃんとついていてあげよう。私が守ってあげようと、頑なに決めていた。

後ろ髪を強く強く引かれながらも、この日、私はいったん松山に帰った。夫のことは、また義理の両親にお願いして。

手術後の翔は、少しずつ回復していた。

第７章　最期の涙
～夫の旅立ち　2011年12月24日～

ＡＥＤで命を助けられてから約2カ月、ようやく退院することができた。その間、夫は、とにかく命をつないでくれていた。

退院してすぐに、今度は翔と一緒に、バスで岡山に向かった。途中、ほとんど言葉を交わすでもなく、ぼんやりとそれぞれの思いにふけっていた。

病院に着くと、翔はすぐに駆け出した。ＩＣＵにいる父親の元に急いだ。

手術前、ＡＥＤを持って愛媛病院にお見舞いに行った日以来、2週間ぶりの父子の対面。意識がなく、人工的に生かされている父親の姿に、息子は何を思っただろう。

しばらくは、ＩＣＵの中、父子ふたりだけにした。意識がなくても、夫には翔が絶対にわかっているはず。ふたりで、言葉にならないどんな会話をしたのだろう。私には、息子の深い悲しみが伝わってくるようだった。

その後、主治医から呼ばれた。ひとりで話を聞きに行こうとした時、翔が言った。本当に真剣で、厳しい顔を見せて……。

「何で、ひとりで行くん。僕も連れて行くのは当然やろが」

あぁ、子どもだと思っていた翔は、もうこんなに大きくなっていた。そうだ、この子は、もう大人なんだ。ちゃんと成長してるね、たっちゃん……

この状態では、肝移植はあきらめざるを得ないこと。そして、今後は看取りを選ぶことを告げられた。

「たっちゃんのこと、ちゃんと看取れよ。それに、翔にも親父を絶対に看取らせ」

そう言ったのは、同級生でもある医師の正治君。彼の父親が亡くなった時、看取れなかったことをずっと後悔していて、私に強く言ってくれていた。

その言葉が、いつも頭から離れなかった。どうやったら翔を父親の最期に連れて行けるか……夫が愛媛病院に転院になった頃から、何だかそのことばかりを考えていた。

翔の入院中に夫が最期を迎えたら、私は彼を看取れないかもしれない、と。

でも、夫は、翔が退院するまでいてくれた。ありがとう！　移植はかなわなかったけれど、きっと翔を待つには、この選択しかなかったのだろう。私には、神さまのお導きのような気がしていた。

ただ、その日を、いつまで待つことになるのか。

3日なのか、1週間なのか、1カ月なのか。誰にもわからない。私たちふたりは、この岡山でホテル暮らしを始めた。

いつまでになるかはわからないけれど、ここで、たっちゃんの最期を看取る。今は、そのことに集中するだけ。

そんな中で、私は冷静にいろいろなスケジュールを考え始めていた。それに、翔の受験のことも気になり出した。でも、あれこれ考える必要はなかった。

看取りを始めて2日目に、夫は息を引き取った……。

夫の最期

23日、夫は挿管をすべてはずされ、ICUから一般病棟に戻ってきていた。

看取ることを選んだ、まさにその日。不思議なことに、夫が大好きだった人が最後のお見舞いに訪れた。

造船会社時代にお世話になった夫妻。ずっと寄り添ってくれた辻井夫妻。大学時代一緒にラグビーボールを追いかけた友だち……知らせなくても、ちゃんと連れてきてくれるんだ。

岡山に住む私の友人ちえちゃんは、岡山病院に何度も足を運んでくれた。ありがたかった。

そして、その日……12月24日クリスマス・イブの真夜中。

夫は、意識がないまま。私の声が聞こえているのか、聞こえていないのかわからないが、彼の耳元で、いっぱい話をした。

「たっちゃん、ありがとう。本当にありがとうね」

とても素直に、この言葉が言えるようになっていた。それは、心からの思いだから……。高校時代、あんなに大好きだった彼と再会して、家族になって。楽しかった。幸せだったよ。

なぜか、その時……夫の目から大粒の涙がこぼれた。

「たっちゃん、わかってるのね。悔しいね、悔しいよね。もっと生きたかったよね。これからも、ずっとずっと翔のことを守っててね。お願い」

私だけにわかるように流してくれた涙。この特別な涙を見られてよかった。私だけ見ることができてよかった。

私のためだけに見せてくれて、ありがとう。

ピィー、ピー、ピィー、ピー
突然、いろいろな器械の警告音が鳴り響く。看護師さんたちが出たり入ったり、急にあわただしくなった。そして、家族を呼ぶように言われた。

ホテルに戻っていた義母と翔が駆けつけてきた。

ずっと付き添ってくれていた義母も、それに何より、息子がここにいられてよかった。また、正治君の言葉が頭に浮かんだ。ちゃんと看取らせ……。

「お父さん。僕、お父さんの分までしっかり生きるけん。ありがとう、お父さん」

あら、翔、こんなにしっかりしてる。私は、ちょっと圧倒されていた。こんな場なのに、息子を見直していた。

翔は、大人になってる。立派になってるよね。たっちゃんのおかげ、ありがとう！

そして、医師から臨終が告げられた。

12月24日クリスマスイブ午前2時5分。

夫は、旅立った。

お葬式

現実の煩雑な手続きや作業のために、悲しい涙は一気に止まった。夫がいなくなってしまった悲しみ、喪失感は、しばらくお預けだった。

あわてて葬儀の手配を電話で行い、知らせないといけない人たちに連絡をし、病室の片付け、掃除などを夜通し続けた。看護師さんたちは、淡々とそんな様子を見守っていた。

その朝、夫とともに松山に向かった。やっと帰れる。

棺を乗せた車が、瀬戸大橋にさしかかった。

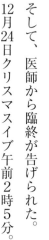

第７章　最期の涙

～夫の旅立ち　2011年12月24日～

彼と一緒によく眺めたこの風景。たっちゃんは、覚えているかな。自然と、涙がこみ上げてくる。今だけ、しばし思い出に浸らせて……。

そして、夫は、実家に戻った。彼が生まれ育った場所に落ち着く。

本当は、私たちの家に迎えたいけれど、マンションではそんな余裕はないから。いったん家に戻って喪服を用意し、それから斎場へ。義弟に手伝ってもらって、祭壇や細かな手筈を一気に決めていく。またまた、あわただしさに追われていた。

そんな中で、疲れきっていた皆が、その日はよく眠った。

とりわけ、愛媛病院、そして岡山大学の病院でも、たっちゃんにずっと付き添い、かいがいしく看病をしていた義父母。彼らは、病院内で、ちょっとした有名人だった。父親は、次々と訪れるお見舞いの人たちにテキパキと対応し、母親は、「たっちゃんは絶対に治る！」と信じ続けて、息子に話しかけていた。

いよいよ岡山で意識がもどらず、脳出血の影響から移植に間に合わない状況だと気が付いた時「お葬式はどうしよう」とお義父さんに聞かれ、「まだ生きてるのに……」と憤慨して口論になったことがあった。

でも、わかっている。岡山で生死をさまよっていた夫にずっと付き添っていたのは、このふたりだ。激しい痙攣で苦しんだ時も、脳出血を起こしてＩＣＵに運ばれたのも、挿管されたのも、私は見ていない。

どれだけの心労、疲労だったことか。想像に余りある。

だからこそ、夫が帰ってきた頃には、ちょっと肩の荷が下りていたのかもしれない。もちろん悲しみは、後からどんどん大きくなってきたけれど。

あの３カ月を乗り切れたのは、高齢にもかかわらず、私がいない間はいつも夫に付き添ってくれた義父母がいたから……。義母は「看病をしている時間、本当にいろんな話をしたの」と言っていた。夫も最後の親孝行だったのだろうか？


ちょっと若い、笑顔のたっちゃんがそこにいた。

斎場に集まってくれた人たちに笑いかける彼の遺影は、５年前にキャンプに行った時のもの。写真嫌いだった夫は、そんなにたくさんの写真を持っていない。私の大好きな１枚を選んだけれど、彼は気に入ってくれたかな。

享年50歳。現役のまま若くして亡くなった夫は、きれいな顔。本当に素敵な死に顔だった。

第７章　最期の涙

～夫の旅立ち　2011年12月24日～

お通夜にもお葬式にも、大きな斎場いっぱいの人たちが弔問に来てくれた。遠いところからも、大勢駆けつけてくれた。会場に入らない人たち。ロビーに椅子を並べた。たっちゃんの友人、同僚、市長も弔問にきてくれた。お花に囲まれてたっちゃんの若き日の写真が……何かドラマのような、現実じゃないような気がした。

誰に対してもやさしく誠実だったたたっちゃん……。たっちゃんのために、たくさんの人たちが集まってくれたよ。

早すぎる死を悼んで涙が止まらない弔問客の姿に、改めて夫の人柄が身にしみたような気がする。

結婚式の時も、ＢＧＭは私が決めた。あの当時は、サザンとユーミンが大人気。その中から、ふたりの思い出に近い音楽をかけたね。

やっぱり、お葬式も私がちゃんとＢＧＭを選ぼう。そう思った。一番に上がった曲。それは、何があってもいつもこの言葉で救われた、いきものがかりの「ありがとう」。この曲で、心から夫を送ろう。

そして、翔と車の中で聴いて泣いた、福山雅治の「家族になろうよ」。この歌詞は、本当に今までのすべてを表した曲だよ。

そして、高校生からの思いだった「さよなら大好きな人」。この曲を選んだ。

この朝、息子から「喪主ってなあに？」と聞かれた。

「皆の前で、あいさつをする人……」

そんな答えしか思いつかなかった。

ここ数カ月で、私は気づかないうちに、一気に体重が落ちてしまっていた。あれほど、ダイエットしても痩せなかったのに、いつのまにか、結婚前の体重まで落ちていた。

お通夜では着なかったけれど、お葬式は喪服を着ることにした。初めて着た喪服、まさか自分の夫の葬儀で着ることになるとは思わなかった。

50歳で喪主を務めなくてはならない私に「きれいに着付けてあげるね」と励ましてくれた美容師さん。そんな何気ない言葉が心にしみた。

「泣くなよ！」

そう勇気づけてくれた翔の言葉を胸に、お葬式の間じゅう、その喪主の役割を何とか気丈にこなそうとした。

たっちゃんのことを、短い時間で精いっぱい語ろう。そう決めていた。原稿などなくても彼への思いが伝わればいい。そして、しっかりと前を向いてあいさつをした。仕事がら人前で話すのは慣れているけれど、心がどっかに行っていて、どんなことを伝えればいいのか、わからなかった。でも、思うままにしっかりと泣かずに話すことが大事と、気丈だった。

今でも友人に会うと「あの時のあいさつ、本当に感動したよ」と言ってもらえる。

告別式を終え、霊柩車は、職場の役所をとおり、火葬場に向かった。最後まで付き添ってくれた、辻井さんと、平ちゃん。骨を拾って入れる骨壺。最後の名前入れ。本当に本当にきれいにかけた。たっちゃんの名前。

それは、私からたっちゃんへの最高の、そして最後のプレゼント。

年明けに……

クリスマスイブに夫が亡くなってすぐ、4年に一度のお正月の高校時代の同級会があった。私は出席を辞退し、あいさつをしに二次会に行った。

正治君がよく来たねと、やさしく迎えてくれた。

たかし君が、泣きながらハグしてくれた。

この2人がささえてくれたから、やっと生きてる。

主人の死から5日……やることがいっぱいありすぎて、なかなか通常の生活になじめていなかった。

それに、腫れものに触るような、皆の遠慮がわかった。

結局、お正月は、静かな静かな新年の始まりになった。

第8章　がんばっていきまっしょい

～私たちの甲子園　２０１５年３月25日～

２０１５年春の選抜高校野球大会1回戦。二松学舎大付属高校対松山東高校の試合が始まろうとしていた。

わが母校・松山東高校は、82年ぶりの甲子園出場。21世紀枠でつかんだ甲子園に、卒業生は皆、アルプスタンドに詰めかけた。

私は、新体操部の親友のみかんちゃんと元野球部の旦那さまと一緒にやって来たが、そこかしこで懐かしい顔と目配せを送り合い、たくさんの再会を喜んだ。

翔も就活途中の東京から、後輩たちの活躍を応援にやって来ているはずだ。

全国に散らばっていたＯＢたちは、それぞれの学年ごとにチケットの受け渡しを計画し、試合結果は即座に報告が入る各年代のコミュニティー……。

長い間音信の途絶えていた同級生たちと、メールで会話が弾んだ。また、ＳＮＳやメッセンジャーでも連絡を取り合った。

あの運動会での連帯感、自由な校風の中で培われた高校生の青春……一人ひとりの思い出の奥にしまい込まれていた大切なものが、この甲子園でまたひとつになった。

いよいよ、プレーボール。

空の青さ、外野の芝生のグリーン、そして内野の黒土の上に、真っ白な選手たちのユニフォームが映えていた。

試合は、思わぬ接戦となった。

3回までノーヒットに抑えられていた東校が、4回に2点を先制すると、その裏すぐに1点を返される。6回に2点を取って、3点取られ……と、手に汗握る好ゲームとなった。

「東校、がんばっていきまっしょい！　もうひと～つ、がんばっていきまっしょい」

私たちの宝ともいえる掛け声が、3塁側スタンドにこだました。この言葉が、力強く暖かく、選手も応援席も包み込んだ。

第8章　がんばっていきまっしょい
～私たちの甲子園　2015年3月25日～

投げて、打って、走って、取って……白球を追って躍動する選手たち。若さあふれるプレーがまぶしかった。

その姿が、あの頃の翔の姿とだぶって見えた。もちろん、息子の時代も、この甲子園を目指していたけれど、遠い雲の上の目標だった。

そして、いつもひとりで応援していたたっちゃんのことを思い出した。夫は、私たちから離れて、どこか別の席で試合を観ていた。

体調が悪くなるにつれて、球場への行き帰りも、ほかの父兄たちとは距離を置くようになった。きっと体調の悪さを知られるのがイヤだったのだろう。

たっちゃん、この試合をどこで見ているの？　空の上の、特等席からゆっくり眺めているのかな。もう身体のこと、気にしなくていいものね。

そして、5対4でリードの9回裏2アウト、ランナー1・2塁。最後のバッターをセカンドゴロに打ち取って、ゲームセット。

何と、なんと勝ったぁ！　甲子園で勝利を上げてくれた。すごい。

この日、母校の応援に来ていた誰もが、甲子園で校歌を歌いたい。そう思っていたことだろう。そんな思いに応えてくれた。わたしたちの願いが叶ったのだ。

この甲子園に応援に来られただけでも十分だったのに、まさか、ここで校歌を歌えるなんて。

グランドに響き渡る、東校の校歌……私も、みかんちゃんも、隣のおじさんも、周りの人たちも皆、大きな声で歌った。

きっと翔も、そして、天国のたっちゃんも歌っているよね。ここに来られた幸せ、それに誇らしさを感じながら。

そんな春の甲子園の「がんばっていきまっしょい」。何かあったら、この言葉で元気になれる……。東校の卒業生は、皆そう思う。

そして今、やっと、やっと本当に心から、この言葉が言えるようになった。

さあ、がんばっていきまっしょい。

第8章　がんばっていきまっしょい
～私たちの甲子園　2015年3月25日～

がんばっていきまっしょい

紅 樹

紅 樹

井上エリー

愛媛県松山市生まれ。身体・心の感性を豊かにする
フィットネスインストラクター

幼少よりダンスを習う。大学を卒業後、当時流行り始めたエアロビクスを習得し指導。この分野での草分け的存在となる。

スタジオ運営の後、地域の人々の健康のために、
健康体操の指導や講演を行う。

自らの乳がん手術、家族の病気の闘いから命の本質と人のつながりの大事さを学ぶ。

また、数奇な体験を通して得た「命の大切さ」「心と身体のつながり」をテーマにした講演活動も開始。

松山市エアロビクス協会会長
NPO 法人健康づくり推進機構理事
アメリカスポーツ医学会公認ＥＰ－Ｃ（運動生理学者）

＝井上エリーからの PR ＝
地域の健康教育のお手伝い。
ふあ、ゆる、きらり。癒しをモットーに
フィットネスインストラクター 30年
健康と運動の講演活動 . 楽に楽しく動ける体操
ナチュリラ体操で地域に元気を運びます！

2.5%《にいてんごぱーせんと》 奇跡《きせき》の命《いのち》

2017年1月20日　初版第１刷

著　者　井上エリー
発行人　マツザキヨシユキ
発　行　ポエムピース
東京都杉並区高円寺南4-26-5 YSビル3F 〒166-0003
TEL03-5913-9172 FAX03-5913-8011
企　画　城村典子
表紙画　上村奈央
編集協力　鈴木洋子
装　幀　堀川さゆり
印刷・製本　株式会社上野印刷所
落丁・乱丁本は弊社宛にお送りください。送料弊社負担でお取り替えいたします。

ISBN978-4-908827-20-4 C0095